与时代同行　支农惠农　服务县域　传承之树花团锦簇

似春风化雨　润泽大地　照亮梦想　解读63载征途密码

奔腾的嘉陵江

——解读苍溪农村信用社从“草根金融”到“商业银行”的蜕变轨迹

⊙ 何先鸿

中国财经出版传媒集团
中国财政经济出版社

图书在版编目（CIP）数据

奔腾的嘉陵江：解读苍溪农村信用社从“草根金融”到“商业银行”的蜕变轨迹／何先鸿著. —北京：中国财政经济出版社，2017.6

ISBN 978-7-5095-7305-1

Ⅰ.①奔…　Ⅱ.①何…　Ⅲ.①报告文学-中国-当代　Ⅳ.①I25

中国版本图书馆CIP数据核字（2017）第034464号

责任编辑：郁东敏　　封面设计：中通申奥

中国财政经济出版社出版

URL：http：//www.cfeph.cn

E-mail：cfeph@cfeph.cn

社址：北京市海淀区阜成路甲28号　邮政编码：100142

营销中心电话：88190406　北京财经书店电话：64033436　84041336

北京财经印刷厂印刷　各地新华书店经销

787×1092毫米　16开　11.75印张　130 000字

2017年6月第1版　2017年6月北京第1次印刷

定价：36.00元

ISBN 978-7-5095-7305-1

（图书出现印装问题，本社负责调换）

本社质量投诉电话：010-88190744

谨以此书献给：

为四川省苍溪县农村信用合作事业做出贡献的人们……

——作者题记

序

⊙ 张远国

春回大地，绿满川北。忠实记录苍溪农商银行六十余载“倾情桑梓，叶绿万家”的长篇报告文学《奔腾的嘉陵江》即将出版问世，令人欣喜，并以致祝贺。

自 1951 年全省第一家农村信用社诞生以来，在一个甲子的历史时空中，四川农信经历了数次的管理体制变迁和命运拷问，也在服务“三农”、服务小微企业、服务县域经济中成长蜕变。2005 年省联社成立，在省委、省政府的坚强领导下，四川农信改革发展翻开了新的篇章，已茁壮成长为全省营业网点最多、存贷规模最大、社会责任最重的地方金融机构，已真正成为农村金融主力军和引领者。在争奇斗艳的四川农信百花园里，锐意进取的苍溪农商银行灿烂夺目，先后荣获人民银行总行“支农先进单位”“农村支付服务环境建设先进集体”荣誉称号，其首创的小额农贷“四包”责任制在全省农信系统学习推广。

从历史的角度看，苍溪农商银行的发展史就是一部可歌可泣的四川农信奋斗史。让作家采访苍溪农信人并为之浓墨重彩，留下农信人的“潮音”，留下永恒的记忆，其意义重要而深远。

历史的长河中，任潮起潮落，唯文化永恒；

岁月的诗篇中，任华丽朴实，独精神长存。

从《奔腾的嘉陵江》一书足以看出苍溪农信人对文化建设的执着与渴望、对历史的尊重与虔诚，这与他们骨子里流淌着的红色血液是一体的。苍溪作为红四方面军长征出发地，红军精神薪火相传，苍溪农信人自然地将其与农信事业相结合，逐渐形成了富有苍溪特色的“家文化”“合规文化”“诚文化”，铸就了“敢打必胜，勇争一流”的苍溪农商银行人精神。本书以报告文学形式，多人物、多视角生动再现了苍溪农信人排除万难、牢记本分、爱岗敬业、砥砺前行的鲜活场景。每一个人物都是一个符号，每一个符号都是一种精神，每一种精神都是一座丰碑，座座丰碑就是苍溪农商银行不断稳健前行的见证。

文化只有在不断传承中才愈发经典，精神只有在不断延续下方显气概。希望苍溪农商银行对待文化要继续淬炼升华，洞其深意，用其精髓。在今后的工作中继续发扬优良传统，始终坚守服务“三农”、服务小微企业、服务县域经济的市场定位，始终坚持“务实创新、服务民生，依法经营、从严治社，尊重规律、科学发展”的基本方略，沿着普商兼容零售银行战略方向，不忘初心，继续前进。

2017 年 2 月 4 日于成都

（作者系四川省农村信用社联合社党委书记、理事长）

目录

引子：这是一曲动人的乐章

山坳上的村庄，因为有你而变成丰富的世界。家门前那条悠长的河流，她的名字叫嘉陵江，在中国西部连绵群山的褶皱里穿行。嘉陵江是我们的母亲河，发源于秦岭北麓的陕西省凤县代王山，流经甘肃、陕西、四川三省的十一个地、市、州，全长一千三百公里，由重庆市朝天门汇入长江。蜿蜒曲折的嘉陵江，流域面积十六万平方公里，苍茫的江水像甜美的乳汁哺育着沿江两岸四千万儿女，苍溪是其惠泽七十六个县之一。上善若水，厚德载物。善是最完美的意思，指的是最高境界，就像水的品性一样，泽被万物而不争。因此，世人尊崇大江大河的宽阔胸襟且行且惜。回望与惊叹之余，在苍山溪水间，在嘉陵江奔流的背影里，有一朵浪花格外耀人眼目……

这是一片充满希望、诞生神话的热土。苍溪，一个赋予诗意和荣光的地方，自西汉太祖年间得名，因嘉陵江一段河道两岸高山壁立，峡谷幽深，江水流经其间呈碧绿色，称为苍溪谷，故取名苍溪。西晋太康年间置县，迄今已有1700多年县治历史。据蟠龙山脚及铧厂沟出土文物证实，约1万年至4000年前就有先民在这块土地上繁衍生息。千百年来，地处四川盆地北部、秦巴山脉南麓、嘉陵江中游的苍溪，在历史的天空熠熠闪烁，古有“川北淳邑”之雅称，今有“中国家园的蜀中范本”之美誉。在地跨北纬31°37′–32°10′、东经105°43′–106°28′的土地上，浸染成芬芳的红色记忆。1935年3月28日，红四方面军从塔山湾渡口强渡嘉陵江，踏上万里长征的第一步。1933年至1935年短短三年时间，仅有28万人口的苍溪有3万多优秀儿女参加红军，从这里先后走出了6位中央委员和18位新中国将军。

盛世荣耀铸就今日辉煌。这片土地盛产苍溪雪梨、红心猕猴桃，九龙山构造天然气储量丰富，亭子口水利枢纽工程综合功能兼备。交通便捷，苍溪港、212国道、兰海高速、兰渝铁路使苍溪近在咫尺，与世界不再遥远。

莽莽苍山作证，奔腾不息的嘉陵江水留声，诠释苍溪破茧成蝶的璀璨之梦。徐徐开启的“农信”大门，气壮山河，撼动寰宇……

苍溪红军渡承载着“薪火相传·再创辉煌”长征精神的时代潮音。八十年来，正是在“不怕牺牲、实事求是、紧密团结、勇往直前”的红军精神鼓舞下，勤劳勇敢的苍溪人民书写了一曲曲不朽的壮歌。春华秋实，三代苍溪农信人到苍溪农商银行人秉承“责任、传承、发展、圆梦”的开拓精神，完成了从草根金融到现代银行的历史嬗变，这无疑是红军精神的再现，如同日夜歌唱的嘉陵江矢志不渝地向前、向前、再向前！

二十世纪五十年代初，伴随着轰轰烈烈的农业合作、供销合作和信用合作①三大“农村合作化”运动，苍溪县农村信用社（以下简称“苍溪农信”）应运而生，先后由人民公社、人民银行、农业银行管理；1996 年 10 月，苍溪农信与农业银行正式脱钩；2006 年 12 月，组建成以县为单位的统一法人。2014 年，苍溪农信在广元市率先组建农村商业银行，掀开了新时期农村金融改革的崭新篇章。

跨越一个甲子的轮回，自始至终贴上“草根金融”标签的苍溪农信，在众人的视野里如歌如诉地铺展开其势不可挡的内涵和外延。六十三载的历史时空隧道里，苍溪农信犹如波澜壮阔的史诗，涂抹浓墨重彩的篇章，留下一串串坚实而闪光的足迹。这，或许就是企业文化最真实的本源。

1998 年和 2001 年，苍溪农信两次荣获中国人民银行总行“支农先进单位”荣誉称号，并多次在全国、西南三省、四川农信系统交流信贷支农和经营管理工作经验。

2012 年，苍溪农信通过打造流程银行，成功跻身四川农信系统 21 家现代金融示范行社之列。

2013 年，苍溪农信推行 26 年的小额农户贷款“四包”责任制在四川农信系统推广。

2013 年，苍溪农信被中国人民银行总行授予“全国改善农村支付服务环境建设先进集体”，并荣获人民银行成都分行“迅通工

---

① 信用合作，是指由农村社员和集体经济组织入股，实行民主管理，主要为入股社员和集体经济提供资金互助性金融服务，并自主经营、自负盈亏、自担风险、自我约束的合作制金融。

程先进集体”。

2014 年，苍溪农信综合考核排名位居四川农信系统第七位，被省联社授予“新增创利 2 亿元大户”“最佳金融创新单位”。

2015 年，苍溪农信成功改制为苍溪农商银行，成为广元市农信系统首家股份制农村商业银行。

2015 年，苍溪农商银行荣获四川农信“目标考核十佳单位”“风险管理十佳单位”和“贷款营销十佳单位”荣誉称号，是四川农信系统唯一一家自主确定股金分红比例的行（社）。

2016 年 11 月 8 日，苍溪农商银行荣获第七届四川银行业小微企业客户经理技能竞赛总决赛一等奖；11 月 15 日，苍溪农商银行在四川农信第一届客户经理技能竞赛（南充赛区）斩获一等奖，荣获决赛团体三等奖。

……

时光荏苒，岁月如歌。这粒植根于国家级贫困县土地上的种子，历经雨露滋润，长成一棵参天大树，繁茂的枝叶恰似眺望天地的不朽誓言。这是厚积薄发的力量之源，因为生机勃勃的传承，灿烂地奏响生命的凯歌；这是耸立苍山溪水间的一座丰碑，浩气长存，彪炳千秋！

诚然，每个人心中都有对社会发展恒定的“天平”，而流逝的时间最终是评判一切事物的游标卡尺。大浪淘沙，沙里淘金。因此，一个文本的解读，其实是一种精神、一种力量的象征。毋庸置疑，苍溪农商银行作为广元农信系统首家股份制农村商业银行，是苍溪社会繁荣发展的见证，是苍溪物质文明与精神文明的一个符号，这里有深厚的文化积淀，同样有无法复制的密码。

第一章　艰涩的穿越

清晨，空气清新，太阳刚刚醒来。

此刻，又一次站在雪梨山上的我，心潮澎湃。临上高台，俯瞰梨乡县城，半壕春水一城花，家乡高楼林立、车水马龙，我似乎看到勤劳勇敢、热情奔放的80万苍溪人民舞起踏歌时代的彩练，正在追逐富民强县、全面小康的伟大梦想。

六十三年来，苍溪农信扎根山区，奏响服务『三农』的动人乐章，如同唇齿相依、血脉相连般水乳交融，与苍溪经济社会发展同呼吸、共命运，与企业相伴同行，共享成长，将金融的力量化作温暖的春雨，滋养着2330平方公里的梨乡大地，让农信之花馥郁芬芳。悄然打开那些尘封的故事，那些鲜活的生命和不朽的灵魂，正一步一步地向我走来……

1 / 太阳下的诞生

1949 年 10 月 1 日，新中国宣告成立。一轮鲜红的太阳喷薄而出，照耀着华夏大地。从此，劳苦大众翻身做了国家的主人，旧社会的沉重锁链由崭新的社会制度取而代之。1949 年 9 月 29 日，中国人民政治协商会议第一届全体会议一致通过的《共同纲领》第 38 条规定：“鼓励和扶助广大劳动人民根据自愿原则发展合作事业，在城镇和乡村中组织供销合作社、消费合作社、信用合作社、生产合作社和运输合作社。”无疑，发展信用合作社作为一项基本国策，正式纳入新中国的战略发展规划。

1951 年 3 月，全国信用合作汇报会议召开。针对“已经土改的地区，由于生产的恢复，农民逐渐富裕，要求积储余粮，扩大再生产；少数农民因翻身不久，家底薄弱，一旦遇到意外，便会借贷无门；有计划地开展农村信用合作事业，已成为广大农民的迫切要求”的现实展开热烈讨论。相关领导将会议讨论的内容整理为《关于全国信用合作会议的报告》呈送给党中央。

1951 年 5 月，中国人民银行组织召开了第一届全国农村金融工作会议。中国人民银行第一任行长南汉宸在会上指出：“信用合作是群众性的资金互助的合作组织，主要是组织农民自己的资金，调剂有无，以解决社员生产上和生活上的资金困难，银行给以资金周转及业务上的支持，并可代理银行的一些委托业务，以活跃农村金融，发展农村生产。”紧接着，为了推动信用合作事业的发展，中国人民银行总行颁发了《农村信用合作社章程准则草案》《农村信用互助小组公约草案》《农村信用合作社试行记账办法草案》。在政策的引导下，农村信用社在短时间内有了更加快速的发展。1953 年底，全国试办的信用合作组织在数量上已超过 25 000 个。1955 年，中国人民银行颁发了《农村信用合作社章程》，农村信用合作社有了属于自己的“身份证”，于是，一场农村信用社发展的热潮在中国大地上迅速蔓延开来。

新中国的春雷，同样在巴山蜀水的上空轰隆隆滚过。

1951 年 9 月 30 日，中国人民银行西南地区分行试办川东第一个信用社——璧山县狮子乡信用合作社。同年 10 月，试办川南第一个信用社——泸县黄舣乡信用合作社。1954 年，四川省农村“三大合作”均进入大发展阶段。

翻开历史的扉页，我们会找到苍溪贫困的根源，也会聆听到农村信用社这个“新生儿”在这片贫瘠土地上抗争的呐喊声。明末清初一直到民国初年，苍溪社会政局动荡，经济萧条，百姓离乡背井，过着牛马不如的生活。一遇自然灾害，春不得种，秋不得收，饿殍载道，满目萧然。二十世纪三四十年代，苍溪县农村土地兼并严重，占人口 9.1% 的地主却占有土地 68.9%。官府横征暴敛，捐税重重，尤有甚者，民国 22 年的田赋竟征至民国 49 年。加之土豪、劣绅、惯匪及各种反动会道门头子鱼肉乡里，民众备受欺凌，民不聊生，哀鸿遍野。1949 年 12 月 31 日，苍溪县解放，处在水深火热之中的劳苦群众盼来了云开雾散的艳阳天。中共苍溪县委、县人民政府组织和动员人民清匪反霸、减租退押；实行土地改革，恢复和发展生产；开展对农业、手工业和资本主义工商业的社会主义改造，消灭剥削制度，建立社会主义制度。

苍溪人民在这片红色的土地上治水建田、栽桑种桐、务农经商、劝学兴教，谱写了惊天地、泣鬼神的壮歌。“一五”期间，社会总产值以年均 12.93% 的速度增长，“二五”期间年均下降 2.73%，“四五”期间每年以 5.26% 的速度递增。

1952 年土地改革后，苍溪农村经济发展形势喜人，但在大好形势下，也产生了农民贫富悬殊、两级分化的问题。少数富裕农民乘人之危，肆意牟利。因此，组建农村信用社，在广大农民群众中开展融资互助与高利贷做斗争，支持农民走共同富裕的道路是完全顺民心、合民意的。据《苍溪县志》记载：严文贵当时任民主村支部书记和城郊乡副书记，领导发展农业生产，筹办“三大合作”，动员全村人民入信用社、供销社股金 412 股，成立全县第一个农业生产互助组。

1953 年 3 月，中国人民银行苍溪县支行派工作组深入张王乡红星村、田菜乡瓦圳村等地，帮助农民组织信用合作组。

1953 年 11 月，在云峰乡建立苍溪第一个信用合作社。云峰信用社第一任主任石良明，会计杨福田。当时两元一股，吸收社员股金 900 多股，即 1 800 多元。之后，陆续在全县各建制乡开展建社工作。

自 1954 年开始，全县陆续铺开信用合作工作。至 1955 年初，全县 87 个乡均建立信用合作社。至 1960 年底，全县信用社股金总额增至 41.29 万元，贷款余额 53.33 万元。

2/ 困境中的成长

信用合作社如同破土而出的春笋，紧紧拥抱着脚下这片土地。

1954 年初至 1958 年 9 月，苍溪农信由县人民银行管理领导。正值农业合作化蓬勃发展，以入股社员为基础的群众性资金互助组织——信用合作社，在农民中间很受欢迎。苍溪县各乡大力组织农民闲散资金，调剂有无，有效解决了农民基本生产、生活上的资金困难。当时，几乎每个社员踊跃入股，旧币一万元抵一元，每股两元，每户两元至十元不等，资金不足时，国家拿钱支持信用社发放短期贷款，用于生产、救急、救灾、治病。农业合作、供销合作和信用合作三大“农村合作化”的有机配合，改善了广大农民的温饱问题，让老百姓看到了新社会的希望。

信用合作社恰似新鲜的血液，在人民群众的血管里流淌，在这片新生的大地上发芽、生根。雏燕反哺，信用合作社撑起的农村金融天空，成为广大人民群众遮风避雨的地方。信用社诞生后的初期，苍溪县各乡信用社一社一人，人员由社员民主推荐，选用的是“根红苗正”的贫下中农，半脱产或不脱产。那时生活相当艰苦，办公条件非常简陋，无一例外都是借用乡政府或其他单位的一间破旧土墙房子，一张简易办公桌、一个凳子、一张老式木制算盘。走乡串户如同家常便饭，肩挂一个帆布挂包、一顶蓼叶雨帽，最好的就是一把油布雨伞、一根拄路棍。打赤脚、穿草鞋，白天收存放贷，晚上在灯盏下整理账务和钱款……

1958年12月至1962年10月，苍溪农信归属人民公社和生产大队领导管理。信用社员工为干部，主任为副乡级。

1958年12月，中共中央颁发了《关于适应人民公社化的形势 改进农村财政贸易管理体制的决定》，实行“两放、三统、一包”。此后，国务院专门下发文件，改称“信用部”，由人民公社管理。管理体制的变化，形成了“所社合一”和“政社合一”两种局面，一定程度上影响了信用社发展。“所社合一”体制将农民入股办起来的集体所有的信用社资产与全民所有的国家银行资产混为一谈，造成双方资金财产权益难以理清；“政社合一”的管理体制，客观上使信用社走上了“官办”道路，逐步失去了业务经营上的自主权，偏离了资金互助组织的性质和服务方向。正是如此，信用社出现了资金被占用、职工被随意抽调的情况，信用社的业务经营受行政干预较多，发展陷入困境。

1961年，695个生产大队建立信用合作服务站，苍溪县95%的生产大队有了信用社的基层组织。在人民公社领导管理时期，苍溪农信员工积极参与大兴水利、大搞农田基本建设等中心工作。1959年下半年至1962年上半年是国家三年自然灾害时期，苍溪也受灾严重。出现了大量水肿病、黄疸病并迅速蔓延。无疑，解救农民治病资金需求成为当时信用社的主要任务。

笔者的家乡也是苍溪，小时候就曾听经历过当时社会苦难变迁的老人们讲那个时代的人和事，当然也提到有关信用社的事情。现在我们求证历史，无外乎还原当时的状况。

1959年下半年开始，国家经历三年特大自然灾害。在“极左”路线的影响下大办公共食堂，“大跃进”的浮夸风盛行。这个时候老百姓的温饱问题没有得到解决，更无余钱存入信用社，往往组织个人存款也就几角钱。那时，用草白纸和毛笔填写存单，然后盖上公章和私章。商品经济不发达的时代，农民没有副业，要给信用社入2元的股金非常困难，凑够2元钱要一年时间，才能正式拥有印有红五角星的股金本本。生活困难时期资金缺乏，大多数老百姓到信用社贷款治病，一般两三元，最高五元。

食堂是饥饿和苦难的记忆。大人、小孩一听到食堂敲开饭的梆梆声，齐刷刷奔向偌大的瓮子边，红苕、酸菜当家，上百人的食堂往锅里下几斤米，煮饭的妇女用硕大的舀子倒在各家提来的木桶里，稀汤波浪的一半桶，提回来后，全家按先老人和小孩、后成年人分饭，也就吃个半饱。甚至小孩、老人因长期饥饿，缺乏营养，有的饿死了，有的得水肿病死了。

那时，信用社的人就近在生产队参加劳动，工资每月10元，白天支农，与贫下中农同吃、同住、同劳动，谈不上经营，业务处于停滞状态，没有真正发挥好信用社的作用。

1962年“食堂下户”，国家实行“调整、巩固、充实、提高”的方针，各行各业开始纠“左”反正，信用社员工业务归人民银行、政治思想归人民公社管理，信用合作事业又回归“半正常”道路缓慢发展。从这时起，信用社增加至两人——一个主任、一个会计。信用社主任继续当成公社干部使用，都要按照政府的安排“包村驻队”，在农忙季节，会计也要安排参加劳动，帮助生产队抢种抢收。当时的信用社办公地点绝大多数时间是在田间地头，与供销合作社配合，带上现金，背上农民所需的锄头、镰刀、斗笠等生产工具，和当时凭票供应的盐巴、白糖、煤油、火柴等生活物资，下乡现场放贷款。

六槐信用社在云峰之后建社，第一任主任是马义兰，会计是周盛金。马义兰在当地是有名的“铁娘子”，说话办事风风火火，仅仅两年时间，扩股1 100多股，近2 300元，1960年底社员和集体存款达到20万元，而全县数十个信用社存款总额才508万元。马义兰驻村抓中心工作，访贫问苦，密切联系群众，为社员扶贫解困，支持发展农业生产。1955年被川北行政公署、四川省人民政府授予“劳动模范”称号。1963年，马义兰调任六槐公社妇女主任，后任元坝区妇联主任，还参加襄渝铁路大会战，担任过女子队队长。

艰苦岁月磨炼了一批愈艰愈强的农信人，他们成为当时全县信用社广大职工的真实写照。二十世纪六十年代，苍溪县金融系统发出了“远学光全甲旺，近学硕州奉阳”（即苍溪农信的王硕州、伍奉阳）的学习倡议。原店子信用社主任伍奉阳，虽左手残疾，还有一只眼睛也致残，但工作起来劲头十足，常年背包带账走遍店子公社的旮旮旯旯，把支农资金和物资送到家家户户。伍奉阳的“五个一”即：一个人、一只手、一只眼、一颗红心、一分钱不错的精神，曾在苍溪这片红色的土地上久久回荡……

2015年5月的一天，我有幸见到了当年的模范、尚还健在的王硕洲老人。那天上午，老人家抱出厚厚一叠奖状、荣誉证书，一尘不染。他思路清晰地一一道来，说到动情处，眼眶里分明荡漾着一泓春水。

王硕洲，1941年12月28日出生，76岁。1960年担任禅林信用社会计。1973年3月12日加入中国共产党，是苍溪农信最早拥有会计师职称的会计之一。1981年5月，被中国农业银行四川省分行授予“金融红旗手”。1984 年起担任禅林信用社信贷员，直到 2002 年退休。在信用社工作时间长达 42 年之久。

1960 年 3 月 28 日，我成为禅林信用社会计，正值大集体办食堂时期。主任驻队，我一个人守信用社，搞业务和做账。那时的信用社一个字：穷。存贷规模小，房子和办公桌都是借来的。遇上冬天就难熬了，土墙房子不关风，呼呼直叫的北风从墙缝里灌进来，冷得让人打寒颤，哪还能睡个安稳觉，半夜起来用稻草堵风洞，堵上了还是冷，又从床上爬起来，一晚上折腾三番五次，刚躺下睡了一个迷糊，天又亮了。那时候，工作可谓艰苦，除了为生产队和社员办理业务，每个月还要下队劳动七天。禅林的经济比附近几个乡稍微好点，于是，我利用生产队食堂吃饭时间，向老百姓宣传有了余钱就存到信用社，需用钱时来取，遇上生疮害病还可以贷款。老百姓也没多少余钱，但每次下队劳动带上单据，总能组织到为数不多的存款，两块或者三块的，多的也就五块钱，一年下来，信用社的现金余额几百块钱。

那时，我每月工资 15 块，下队时间多，就买一角钱一双的草鞋穿，穿烂了才换。计划经济时代，1961 年只有 1.8 尺布票，穿的衣裤老婆补了又补。我讲两个故事：有一次，我感冒了，晚上蒙住被盖发汗也不见好转，只好买了头痛片揣在衣兜里，下午本要参加搞万斤田的劳动，月末要报表，只好请假回信用社。想不到第二天，被公社领导揪住狠狠批评了一顿，我那委屈的泪水止不住流了下来，揩了一把又一把。信用社没有业务费开支，用于开单据的复写纸不能用了，要么在太阳下晒晒，要么对着煤油灯烤烤，接着又用。煤油灯的灯座坏了，想啥办法呢？挖坨泥巴糊上，还挺管用的。

1961 年 8 月，下放公共食堂，各个生产队抓农业生产积极性很高，我经常与老百姓在劳动现场，没有桌子凳子，手上沾满泥巴，搭个包翻账本反而不方便，走村串户，走拢才翻账本，又耽搁人家干农活，最好就是在心里牢记各个生产队和社员的账目。说实在话，那个时候，存贷账目也不是很多，年轻记性好，只要用心，哪有不倒背如流的嘛?!南充地区农业银行领导来苍溪抽查基层会计技能，把账本拿在手里，翻到哪页就让背哪页，我是胸有成竹，当然也就顺利过关了。想不到，我从此成为全县信用社的“活账本”。

1962 年秋天，我帮扶建设大队一队搞果园发展经济，留意报纸上的技术文章，剪贴下来揣在帆布包里，到了生产队的果园就拿出来给大家讲科学技术知识、雪梨树的管理，比如修剪、施肥、授粉、杀虫等等，后来居然年年获得了丰收。接下来，帮助贫困村发展生产，我联系的是红星大队二队，把锄头、蓑衣、雨帽带上住到困难户家里，同吃、同住、同劳动，每天给人家生活费。先摸底生产队哪些是困难户，掌握一个名单，和供销社的人一起背上农民所需用具，没钱买就现场办理贷款。大忙季节前，找板车把化肥、农药送到贫困队，赶上小春或者大春生产……

在现在的人们看来，远去的时光终究成为角落的尘土。殊不知时代塑造精神，榜样的力量无穷，令我们每个人肃然起敬。1965 年 3 月，开国领袖毛泽东题词：“向雷锋同志学习”。全县信用社职工以实际行动向雷锋同志学习，信用社的干部职工背包带账下乡，见到路边有坨牛粪也要将其铲到农田，了解到有困难的农户，更要亲自到其家中问寒问暖。原文昌信用社主任向本基，为人乐观正直，1955 年参加信用社工作，在这个曾经是苍溪县苏维埃政府的地方辛勤耕耘农信事业35年，天天和农民打交道，常常“晨起下村社，日暮未归宿；知民众之烦忧，解百姓之困顿”。他一辈子兢兢业业，廉洁奉公，一心扑在工作上，每年春节都坚守在单位营业值班，让信用社其他同志轮流回家过年，还参加了修建襄渝铁路，在平凡的岗位上做出了不平凡的业绩。1989年，他荣获国家财政部授予的“先进工作者”称号。

艰难困苦，玉汝于成。正是这样一批农信人发扬不怕苦、不怕累的革命精神，坚定全心全意为人民服务的崇高理想和信念，秉承艰苦创业、勤俭办社的优良作风，让信用合作社这一脆弱的资金互助组织顽强生长。令人欣慰的是，这种“零距离”与人民群众相处，建立了经得起岁月考验的鱼水关系。淳朴、深厚的感情如此真切地成为活在流光里的农信精神，成为苍溪农信从无到有、从小到大、由弱到强的历史见证……

3 ⁄ 蹒跚前行的磨砺

1962年至1966年的五年间，农村信用社在平稳中度过。

然而，刚刚步入正轨的苍溪农信又被卷入了十年动荡的漩涡，成为一段噩梦般的经历。1969年底，受“把信用社交给贫下中农组织管理；信用社职工由脱产改为不脱产，走‘亦工亦农’道路”指导方针的左右，苍溪农信在公社成立贫下中农管理委员会，把信用社的人权、财权和资金使用权都交给委员会管理。在这种管理思想的指引和影响下，信用社资金、财产受到不同程度的损失，发展举步不前。

俄罗斯诗人普希金曾经说过："一切的痛苦都将过去，而过去了的，就会变成美好的回忆。"那个年代，经济落后，政治运动一个接着一个，国家和人民饱受蹂躏之苦，信用社职工历经锤炼和洗礼……

1970 年 8 月 1 日，苍溪县组建民兵独立团，共计 5 161 人，参加襄渝铁路大会战，开赴陕西紫阳、镇巴、西乡、城固、佛坪等县，配属铁道兵八七一一部队施工。1972 年 11 月完成任务返回苍溪。信用社职工踊跃加入襄渝铁路建设大军的有数十人。

1971 年 1 月 13 日，苍溪县召开有县、区、公社、大队、生产队干部 6 000 多人参加的"农业学大寨"会议，向全县人民发出"一年跨纲要，两年闯过千斤关，三年建成大寨县"的号召。苍溪农信围绕"农业学大寨"运动，帮助农民改土造田，建造塘库堰、引水渠道。信用社职工要和公社干部一起参与领导督促挖堰塘、修水渠，与农民群众同吃同住，一道参加劳动。当时物资仍然十分匮乏，生活紧张，参加劳动期间，信用社职工在农民家里搭伙，按规定付给粮票和伙食款，每顿干饭给三两粮票、二角钱现金，稀饭给二两粮票、一角钱现金。同时，信用社职工一边要下队参加劳动，一边还要千方百计筹措资金，以满足当时集体生产和农民生产生活的急需。

1977 年，国务院颁发《关于整顿和加强银行工作的几项规定》指出："信用社是集体金融组织，又是国家银行在农村的基层机构。"1978 年 5 月，人民银行总行对信用社的机构设置、人事管理、业务经营、财务制度等作出了具体规定，统一交由人民银行管理。在机构设置上明确规定："在一个公社已有银行营业所又有信用社的，所、社合为一个机构，实行统一领导，挂两块牌子。只有信用社没有营业所的，只挂信用社的牌子，承办银行和信用社的各项业务。以上两种机构形式，同样都是国家银行在农村的基层机构，执行统一的金融政策、统一的计划管理、统一的规章制度。”这一时期，信用社业务受行政干预比较严重，凡是“农业学大寨”所需资金，信用社必须组织发放；凡是政府规划的生产项目，信用社必须配合支持。许多不符合贷款条件的集体和个人贷款信用社也要发放，将有限的信贷资金变成了“民政救济款”，一定程度上阻碍了信用社的健康发展。

时代的烙印，是那样的让人刻骨铭心！

4／坚硬的记忆

在苍溪采访的那些日子里，我们大多数时间都在乡间。宽阔的柏油路旁，一栋栋别具一格的新房和村通水泥路，田野里生长着茂盛的果树和庄稼，形成苍溪新农村的美丽画卷。有时为了见到一位采访对象，常常驱车数十公里。每到一处，收集写作素材，采访和挖掘当事人那些震撼心灵的故事。与我同去的农商行监事长向宁，还要收集几十年前老一辈农信人用过的马灯、电筒、算盘、账本、照片等“文物”，琳琅满目。这些久经沧桑的物件，可以有力佐证苍溪农信曲折发展历史，实在是可以进企业“博物馆”的家什，尤为珍贵。

我先后见到二十多位见证共和国“信用合作”的“老革命”，

从他们娓娓道来的述说中，几乎能够抚摸到历史深处的心跳……

南阳：贷款用在“刀刃”上

王家太，1928年7月11日出生，89岁。1953年“三大合作”时，在南阳搞过宣传，曾在南阳乡谭家河大队担任支部书记，1958年担任南阳人民公社党委副书记，1962年“精兵简政”回到彭家梁大队担任支部书记。1964年4月到南阳信用社担任主任，1990年1月退休。

二十世纪六十年代初，正逢三年自然灾害时期。我清楚地记得，1964年底信用社存款余额仅2万多元。为改变农村落后面貌，全县每个信用社搞一个重点。在“发展经济，保障供给”的指导思想下，调查农户的困难情况。宝全二队无疑是个落后队，集体没有积累，干部不得力，用支部书记奉开聪的话说那是一块“硬骨头”。1966年夏天，我发动党员和青年团员，同吃同住同劳动，砍掉松树、马桑树，大战3个月，终于在黄泥包开荒100亩，打成窝子，栽上500株柑橘和碰柑。这年冬天，在三江二队修邢家沟水库，我担任指挥长，每天几百人上工，场面热火朝天。虽然苦和累，但歇气的时候，不忘与老百姓闲谈，了解其家庭收入情况，宣传有钱存信用社，遇到难处就到信用社贷款。

在南阳，我当了二十年信用社主任，因为严格执行贷款“三查”制度，可以理直气壮地说：“没有放过一笔收不回来的贷款！”开始每个农户贷款5元或者10元，那时信用社也就几万块钱的家底。1968年，农机站贷款3 000元，一直没有收回来，后来，经过多次找政府领导，分摊到各个大队，才陆陆续续收回。

英雄、东风、宝山这三个大队，大多数都是贷款户，英雄的贷款最多，余额上万元。我清楚记得，英雄二队昝某的幺儿子没钱买猪，要贷100元，送来一瓶绿豆大麴和两包红梅香烟，我当即毫不客气地说：“你搞歪门邪道，就不能贷款给你。”最后，他把东西拿回去，贷到100元买了三头小猪，年底卖了肥猪还了贷款。1983年，修白鹤水库时，东风村四队谭某是生产队的会计，他有一个亲戚在岐坪乡政府，因信用社缺少人手，说情临时把他招进信用社当会计。一个月时间，我回来后便请来岐坪营业所会计辅导员有意查查他的农贷账，结果发现头天完整的账本，第二天少了几页，存在徇私舞弊嫌疑，于是，立马辞退了他。

在农村都是亲连亲，户串户，组织存款无外乎多跑些路，费些口舌。1978年5月，正是小麦黄了的季节。谭家河村谭某，偷偷跑到外地，在河南买车搞运输挣了钱。我第一次去的时候，他怕露富，说没有钱。我跑了三回，苦口婆心劝说，讲明信用社为储户保密的道理，让他放心地将3 000元从红苕窖里取出来存到信用社……

运山：佛门山下“驻村扶贫”

奉明锐，1930年出生，87岁。1954年8月到乡政府担任文书，1957年10月正逢整风“反右”时到运山信用社担任主任，直到1982年病退。

那时的人啊，是从苦堆里活出来的。

信用社的人，乡政府或者人民公社一直都当干部一样统筹安排，常年“驻村扶贫”也是天经地义的事情。白鹤六队，土地贫瘠，每年干旱，老百姓缺吃少穿。我与大队支部书记冯金祥一道，发动老百姓兴修塘堰，半个月时间，修起了灌溉全队庄稼的塘堰，使白鹤六队水稻丰收有了保障。缺少经济作物，我在佛门山脚开荒，奋战1个月，硬是在乱石堆和刺芭笼里（荆棘丛生的意思）整理出了几十亩地来，栽植果树，成为花果飘香的“摇钱树”！

1974年，妻子因病去世，留下几个娃娃，大的12岁，小的几岁，我白天工作，晚上回去照顾他们。就这样，我长年累月积劳成疾落下病根。

天观：以社为家的典范

李翠华，1940年4月出生，77岁。1958年担任民办教师，1961年担任大树村会计，1962年5月担任天观信用社会计，1991年担任龙王信用社信贷员，1999年2月退休。

那时人年轻，精力充沛，煤油灯下做账一般都是晚上十二点才睡觉。手工做账都是讲顺序的，老百姓来信用社存款，先数钱，再复核，最后上账。老百姓取钱呢？先下折，后数钱，再付出。做账还必须做到“账平表等，六无六相符”（现金无长短、记账无差错、汇兑结算无事故、钞币无霉烂、档案无损益、工作无积压；账据相符、账款相符、账账相符、账表相符、账实相符、内外相符）。不仅这样，总觉得有些会计表格不合理，我干脆自己拿起尺子设计，熬了几个夜，居然设计出来的结息凭证和贷款收回凭证，美观大方，一目了然，表格上有天数、逾期加息等项，并没有那么复杂。后来，我做的报表还拿到县上展览，并进行推广。

1972年秋天，学校的蒲老师拿着50元钱来信用社换零钱，我匆匆忙忙为他办理了。可下午一核账，居然差了50元。左思右想，是不是在蒲老师那里出错了啊？赶紧到学校去，蒲老师微笑着站在寝室门口：“李会计，我晓得你来干啥？”他把钱拿出来，动都没动。原来，自己把一百张一元的一扎，当成五角面额的换给了他。隔了一个多月，我到生产队搞分配，一边收贷款，一边办理存款。晚上回来一对账，又错了300元钱。于是，连夜赶到财务保管员家里，做了几个小时的思想工作，他才红着脸拿出钱，回到信用社天已蒙蒙亮，洗把脸又准备上班了。从那以后，我格外小心翼翼，再也没有出过差错。

大集体时，我兼任园艺场、农机站、生产队会计指导，手把手教，带出了一批懂业务的会计。有一次，正碰上下大雨，过河时一脚没踩稳，冲出去十米多远，好在终于抓住一根小树，捡回了一条命……

十一届三中全会以后，国家经济逐渐活跃，信用社业务繁忙起来。“爱社如家”在我脑海里扎下了根。自古忠孝难两全。记得有一年，家里三次需要我回去，因工作走不开而留下对母亲和妻子的亏欠。一次，妻子患重感冒，我因忙着给农民发放春耕化肥、农药、种子贷款抽不开身；秋天的时候，邻居捎信说母亲犯心脏病，赶忙请卫生院的医生去家里输液治疗，我继续埋头搞报表；冬天，家里修房子，我安排妻子请工匠和亲戚修，自己没有回家搭手帮忙……

1985年11月，四川电视台“今晚十分”报道了我的事迹。我一生得过不少荣誉，县“优秀党员”“先进个人”“优秀会计”。1989年10月，我被中国农业银行总行评为“农村金融系统优秀会计员”。

河地：琳琅山上的一棵树

权培先，1937 年 9 月出生，80 岁。1957 年 1 月参加工作，先后担任河地人民公社武装部长、党委副书记，1964 年 2 月担任河地信用社主任，直到 1999 年退休。

刚到信用社那阵，只有一间房子，我想办法隔成两间，一间办公，一间当寝室，和会计挤在一张床上睡觉。35 年在信用社工作，说实话，具体的事情没有会计干得多，驻队和搞政治运动耗费了大量精力。当过 28 年的模范和先进，信用社连续 22 年被评为先进集体。

夜深人静，尤其躺在床上睡不着的时候，过去的事情一幕幕像放电影一样从脑海里蹦跳出来，然后静下心来感叹，像我们这些人是咋过来的啊？靠的是什么一步步向前行进？

琳琅山中的四槽沟水库是我奉献青春和热血的见证，当时没有大型机械作业，全靠人力干下来的，真应了那句话："人心齐，泰山移。"1969 年冬天，公社书记安排我现场负责施工，每天上工数百人，多的时候上千人，那热火朝天的劳动场面激动人心。硕大的碾滚子足足有两吨重，要 60 人才拉得动，高亢的号子声此起彼伏……

逢场天，有几千块就能够营业。河地距龙山 40 里，去营业所取钱，天不亮就出发，走 10 多里山路天才亮，办完手续拿到钱后，又大汗淋漓地往回赶，老百姓早围在信用社等候了，往往吃午饭就是下午三四点。后来，河地到龙山修通公路，我就买了一辆自行车，有一次下坡没及时刹车，摔倒在路上，脸被划开一寸多长的口子，满脸都是血，却还紧紧地把装有15 000元的钱包抱在胸前，忍痛回到河地街上，到卫生院花六角钱简单包扎后，急忙到信用社上班。

我时时刻刻紧绷责任意识这根弦，按照国家“发展经济、保障供给”指导方针，努力做好农业生产和农民生活服务，严格执行贷款“三查”制度，坚持“确有物资、物资适用、群众欢迎”的贷款原则，把有限的信贷资金用在刀刃上，把好贷款发放的每个环节。因此，在信用社工作几十年来，我经手发放的贷款基本无损失。

桥溪：炼就“火眼金睛”

罗家德，1937年出生，80岁。13岁担任互助组小组长，没有多少文化，边干边学，先后担任过大队长和村长，再后来在桥溪公社当不脱产干部，担任武装部长和文书。1961年底到桥溪信用社工作，1996年退休。

刚到信用社那阵，乡政府安排主任驻队，就我这个会计驻守“大本营”。那时，信用社家底薄，社员股金1 100元，存贷总额6 319元。做账只有从零开始，请人搞月底报表和年终决算，边看边学，慢慢就自己动手做，好在自己算盘过硬，记性不错，乘法口诀倒背如流。接下来，连续两次差了10元钱，让我万念俱灰，毕竟每月工资才14元，赔20元公款，家里的老人老婆和孩子又吃啥？于是，我收拾好被盖准备回老家务农。主任知道我的想法后，毫不留情面地批评了我，我泪流满面，心想：在乡政府，四届党委的领导都首肯我认真负责，踏实肯干，把公章和枪都交由我保管，从没有出现过差错，咋到了信用社尽出岔子呢？我深知肩上的责任犹如重担，痛下决心干出一番事业来，从那以后，我格外小心，时常提醒自己……

1972 年夏天，由我接替桥溪信用社主任。桥溪，与旺苍接壤，老百姓大多数居住在山腰，以农为主，副业单一，全乡 7 000 多人口，存贷总额 2 万多元。“精诚所至，金石为开。”组织存款靠坐在办公室是等不来的。旺苍杨家岭煤矿的煤炭畅销，效益好，我先后登门拜访多次，最终杨家岭煤矿成了我们长期稳定的客户。有一年腊月，听赶场的老百姓说桥溪某大队某人从甘洛回来，挣了不少钱，我放下手中的工作，走二十多里山路赶到他家，好说歹说，终于组织到 15 000 元存款。每到年终，各大队和生产队搞分配，我将钱带上兑现，有一回，回到信用社一核查差 27 元。就那几个生产队，好在通过回忆，我锁定了其中某个人。于是我立即拿上手电筒，一头扑进黑咕隆咚的夜色里，哪还顾得害怕，到了那个生产队，和队长一起敲开财务保管员的门……功夫不负有心人。二十世纪七十年代末，桥溪信用社终于摘掉“落后帽子”成为一级社。

在信用社工作几十年，我觉得与政府部门处好关系，才有利于信用社的繁荣发展。热情为老百姓服务，甘愿做人民的老黄牛，才会得到群众的支持和关爱。我是这样做的，因此，受到家乡父老的尊重。无疑，这就是亘古不变的鱼水情！

月山：农民兄弟的朋友

赵发章，1940 年 12 月出生，77 岁。当过生产队和公共食堂管理员，1964年到凤凰大队搞多种经营，1971年到月山信用社工作，2000年退休。

信用社的服务对象是农村、农业、农民，这是永远改变不了的。一直以来，信用社在当地党委、政府的领导下，与食品、供销、粮食、农机站、兽防站等单位相处融洽。集体生产时期，兴修水库和塘堰需要炸药，来信用社贷款均是特事特办。1982年农村联产承包责任制推行后，每到大忙季节，各个生产队的老百姓就背上背篼来信用社贷款买化肥，这个时候，信用社门前热闹极了，忙得不可开交。不仅如此，在那些走村串户背包带账上门服务的日子里，我们走遍了月山的旮旮旯旯。

二十世纪七十年代，老百姓一年到头养一头猪，冬月或者腊月杀猪时留一半自己吃，另一半卖，养母猪的吃80%。地处西华大队十队的曹家湾，自然条件差，老百姓穷。贾某某，有四个儿女，老婆是“长病号”，先后数次贷款80元。有一年，我前往他家收贷款，他准备不吃年猪全卖了还贷。我对他说：“全卖了，一家人咋过？还是卖一半留一半，先买一个小猪，剩下的还一些嘛。”就这样，三年时间，他才把贷款还清……

月山在给我留下深刻印象的同时，也留下了惨痛的教训，1983年“严打”，曾经与我同事的兰某，因为挪用信用社公款被苍溪县人民法院判处有期徒刑5年！

复兴：响当当的实干家

王开兴，1940年2月28日出生，77岁。16岁担任生产队长，1960年担任复兴公社柏坪大队大队长。1970年起担任复兴（后改为天观乡）信用社主任22年，党龄55年，2000年退休。

二十世纪七十年代初，天观信用社依然蒙上“存贷两难”的阴影。我本身文化水平不高，上过短时间的夜课班，全靠在工作中自学。公社党委书记了解我干工作的干劲十足，有意调我到信用社。于是，心怀“党相信我，要对得起党”的信念，我到天观信用社报到上班了。刚上几天班，党委书记和革委会主任就来信用社现场办公，要我与会计李翠华一起，尽快让信用社“活”起来，改变老百姓买“平销粮”贷款跑几趟的尴尬局面……

信用社“没米下锅”，我看在眼里，急在心头。刚去那几年，常常借县人民银行的支持款“度日”。如何壮大信用社？无疑是摆在面前的一道难题。那年月，家里如果有在外工作的铁路工人，算是比较富裕的家庭。1973年4月，正值农村大忙季节，我听说在河南新乡工作的柏坪一队张大松回老家了，赶忙丢下手头的事情赶到他家。因为曾经是娃儿朋友，说话也随便：“明说来见你，不把你的钱存到信用社，今天我就赖在你这里。”张大松笑嘻嘻地掏出50元，办理了存单。第二年，柏坪三队的张正猛回来，毕竟过去我和他有些交情，一见面，张正猛就说：“你来不外乎就是叫我把钱存到你那里嘛！”当即，张正猛十分爽快地办理了100元存款。

1972年，修羊乐水库，我担任指挥长，每天一千多人上工，操心费力，三个月下来，人变得又黑又瘦，唯一感到欣慰的是没有发生一起安全事故。后来，三川经天观架高压线，派去的干部一个星期没完成，党委书记找到我，二话没说，安排得力的妇女主任专门搞生活，从老百姓那里借来叉棒，加入到抬高压电杆的队伍，四天时间，贯通了三川经天观的高压线……

1980年8月，莲池支部书记苟某替妹夫贷款10 000元买二手农用车。不久，就因车况差无法经营。两年时间，这笔贷款都没有还。我通过老百姓了解到其女儿在广元经营饭店，生意不错，在银行还有存款。经请示党委、政府同意，依法启动司法程序。1983年3月，三川人民法庭庭长寇启禄担任审判长，蔡荣孝担任人民陪审员，在天观场公开审理了这起贷款纠纷案。作为原告，我没有聘请律师，以欠债还钱的天理为之辩护，赢得了诉讼。宣判后，苟某置若罔闻，在限定时间内还是不还贷款。于是，我申请法院强制执行。在强大的法律攻势下，他砍倒自家五根柏树，现场公开拍卖了5 000元，归还了部分贷款。余下部分贷款，我与他一道到其女儿手中拿到存单，清楚记得那天，回到天观已是晚上12点了。

我一生两袖清风，一身正气，深得群众和同事的爱戴。姐夫樊孝成治病贷款500元，几年都未还，最后只好自己连本带息垫上。1989年，我被省农行评为“储蓄先进个人”，奖金400元。我对同事们说：“上级肯定我的工作，实际上是大家的功劳。”当时，信用社四个人，每人100元……

鸳溪：一双穿了57年的军用皮鞋

徐仕坤，1936年3月出生，81岁。应征入伍时年仅17岁，在参加抗美援朝中荣立战功，当过战士、副班长、班长、排长，1959年参加国庆十周年阅兵。因病于1964年复员，担任鸳溪人民公社公安员，紧接着搞三年“社教”，1970起担任鸳溪信用社会计、主任，1995年11月退休。

1953 年 7 月，板门店停战协定签订后，抗美援朝战争胜利已成定局。因此，我所在的九二五一高炮部队，新兵训练后跨过鸭绿江赴朝，主要任务是防卫，曾荣立三等功，1958 年 10 月撤离朝鲜。小时候没有读过书，1959 年 3 月至 1961 年 7 月，部队派我到南京高射炮学校学习文化和军事知识，我如饥似渴。看见报纸、杂志上的诗歌挺喜欢，抄了几大本，自己也偶尔写点“打油诗”自娱自乐：“时到暑假心尽闲，端坐窗前抄诗篇。竭力自学求甚解，胜利闯过文化关。”1959 年 10 月 1 日，是我一生最难忘的日子，作为南京高射炮学校的学员，有幸参加北京天安门国庆十周年阅兵。每人一双布鞋、一双高帮皮鞋。检阅后，那双黝黑发亮的皮鞋，我一直舍不得穿。1964 年夏天，我突发急性肝炎，在部队医院治疗后，转业复员回到驾溪。从此，一心为建设家乡奉献青春。

1970 年初，我到驾溪信用社担任会计。那时，驾溪不通公路，到区上、县城开会都是走路。信用社的存款余额只有 1 万多元，组织集体、个人存款乃当务之急，我除了逢场天坚守岗位，大多数时间穿着黄胶鞋下队。“发展经济，保障供给”的年代，信用社支持老百姓发展蚕桑，几年时间，取得了显著的成效，农行南充地区中心支行《金融简报》还介绍了驾溪的经验。那一年，驾溪信用社被县政府评为先进单位。于是，我喜滋滋地拿出军用皮鞋穿上，到县城“风光”了一回。说实话，下队还是布鞋和胶鞋穿上舒服，爬坡上坎不像皮鞋硬底子磨脚，皮鞋每年也就穿上两三回。

随着逐年“滚雪球”般的发展，1995 年我退休时，驾溪信用社已经有了 120 多万元的内部积累。退休后，我积极参加烟灯村公益事业，进行义务劳动，2014 年，烟灯村修村道，我还捐款 1 000 元。

2014 年秋天，外孙女结婚，我又穿了一回军用皮鞋，到广元吃喜酒。50 多年来，我每次穿了后，先晾干里面的湿气，用鞋油和鞋刷打理，再装进塑料袋系紧，放在柜子里。这双皮鞋，无疑是我从军和从事信用社工作的最好见证！

双河：“打铁还须自身硬”

杜兴华，生于 1940 年 9 月 20 日，77 岁。1959 年冬，应征入伍在辽宁服役 5 年。1965 年 9 月起先后担任双河信用社出纳、会计，1983 年担任双河信用社主任，2000 年退休。

双河与巴中峰占、阆中老观相邻，苍溪除了石马离县城最远，其余就数双河了。刚到双河信用社那阵，存款 9 300 多元，股金 3 000 元，贷款 6 000 多元。信用社两个人，主任长期生病，主要靠我一个人组织存款、发放贷款，工作相当艰苦。那时，联系贫困户在国庆大队三队，姓王，我帮他安排生产生活和规划家庭如何开支。这家人邋遢，不爱清洁卫生，我每次去了还要拿起扫帚帮忙清扫垃圾。1966 年，“文化大革命”开始了，全国各地大搞串联和武斗，在双河这样的边界地方同样“耳濡目染”，常常能够听见安子、峰占方向传来的枪声，整天沉浸在担惊受怕中。睡觉时，我把钱捆在身上，有啥醒动就一骨碌爬起来出去躲……

1977 年以后，国家经济逐渐复苏。生猪站的农户卖猪款、粮站的“公粮”款、邮政汇款均由信用社代付。双河是全县的产茧示范乡，年产茧子几十吨，光茧站的代付款就不少，因此存款大幅上升。二十世纪八十年代末，积极支持汽车贷款，地干村支部书记想贷款买车，因为贷前“调查”没“过关”，来信用社偷偷拿出一百元钱给我，我婉言谢绝了他的“表示”，最终，没有为他办理贷款，避免了风险。1993 年，双河大力发展蘑菇，农经站贷款 9 万元给老百姓兑现。几年后，元坝罐头厂垮了，这笔巨额贷款没有了着落，利息都收不到。我多次找书记、乡长都未解决，专程到县长接待室反映，由于多种原因，没有结果。双河水电站竣工那天，我等候两个小时，终于见到了赵县长，在他的过问和帮助下，终于连本带息收回了这笔几乎成为呆账的贷款。三十五年的农信生涯，我坚持“打铁还需自身硬”的清正廉洁作风，严格要求自己，管理职工，搞好“传、帮、带”，先后 14 人从双河走上新的工作岗位。与此同时，对待“歪风邪气”，我绝不姑息。1998 年一次查库中，我发现会计赵某涂改账页“吃”利息，连续两次被抓现行，我让他回家反省了半年。继续上班后，他不但不知悔改，还牢骚不断。有人劝我：“杜主任，你都快退休的人了，何必较真呢?”责任与担当不能丢，这年年底，我到县联社开会，及时上报县联社稽核负责人。查出会计赵某涂改储户账务 10 多笔，共“吃”利息五百多元……

从事信用社工作几十年，我得过不少奖励，还当选过县党代表，但也同样有过深刻教训。供销社主任刘某 1996 年收购生猪贷款 2 万元，按理符合支农用途，可后来冻兔厂倒闭，形成名副其实的“三角债”，一直都未收回。退休审计时，我按“贷款赔偿制”规定，毫无怨言地自掏腰包 8 000 元，按一定比例赔偿了这笔贷款，但也给单位造成了一定损失，成为自己从事信用社工作的“败笔”。

5 姗姗来迟的春天

1978年12月，中共十一届三中全会形成了以邓小平为核心的第二代领导集体，揭开了改革开放的序幕，实现了新中国成立以来党的历史上具有深远意义的伟大转折点，使我国进入了以改革开放和社会主义现代化建设为主要任务的历史新时期。1980年4月9日，《人民日报》发表《联产责任制的好处多》一文，明确肯定了包产到户的做法，并从四个方面回答了对包产到户的诘难。1980年5月31日，邓小平就农村政策问题发表了重要讲话。他指出:“农村政策放宽以后，一些适宜搞包产到户的地方搞了包产到户，效果很好，变化很快。总的说来，现在农村工作中的主要问题还是思想不够解放。所以，政策放宽以后，还有很多工作要做。”邓小平对包产到户的肯定，对于打破人们的僵化思维和畏惧心理，对促进包产到户在全国的进一步发展，起到了极为重要的作用。

1981年秋天，苍溪县实行农村土地承包下放到户，无疑，这一农村变革，让植根广大农民的信用社这株幼苗“枝繁叶茂”……

1979年2月，国务院发出《关于恢复中国农业银行的通知》:“为了加强农村金融工作，信用社由省、市、自治区确定编制，抓紧配齐。信用社职工的管理、政治待遇和口粮要同农业银行职工一致起来。信用社要不断提高经营管理水平，任何单位不得平调或挪用信用社资金。”这一年，农业银行恢复，信用社在农行管理下，成为既是集体经济组织，又是农业银行的基层机构，行社业务、人员不严格分家，职工工资与农业银行同步，亏损也由农业银行补贴。1983 年以后，中央在一系列重要文件、决定中明确了加紧农信社改革的必要性，农信社改革的方向及其重大方针、政策开始逐渐明晰。为此，农业银行总行就信用社改革问题向国务院作了专题报告。紧接着，国务院将《关于改革信用社管理体制的报告》批转各地执行。报告指出："信用合作社管理体制必须抓紧改革，同时改革又是十分谨慎的，农业银行要加强对信用社的领导，不宜改变隶属关系。通过改革，恢复和加强信用合作社组织上的群众性、管理上的民主性、经营上的灵活性，实行独立经营、独立核算、自负盈亏，充分发挥其服务农业、农民和农村的作用，把信用社真正办成群众性的合作金融组织。"在信用社的改革发展史上，这是一份具有重要意义的改革指导文件，它不仅标志着信用社以恢复"三性"为主的改革开始在全国大范围铺开，还明确了农村信用社"独立法人"的改革方向。

"好雨知时节，当春乃发生。"十一届三中全会以后，全国农村"包产到户"政策无疑解决了老百姓的吃饭问题，各行各业虽然还没有"放开手脚"，但国民经济实实在在取得了较快发展。1983 年底，苍溪农信存款余额 1 129. 1 万元，贷款余额 1 370. 2 万元，股金 46. 5 万元，各项积累、财产达 309 万元。也在这一年，信用社第一次实现净利润 17. 1 万元。在大好形势下，苍溪农信全体干部员工深知，即将到来的改革浪潮催人奋进，倍受鼓舞……

第二章　沸腾的土地

尘埃落定，农信事业获得新生。

翻阅厚厚档案，从字里行间的缝隙里寻觅、张望那些沉静在岁月的历历往事，虽是无声，更胜有声。

1984年至1996年，苍溪农信隶属农业银行领导管理，适逢国家大政方针的调整。这十二年，可以用『顽强拼搏，逐渐成长』八个字概括，也使信用社的羽毛渐渐丰满起来……

1 渐渐激活的视野

1984 年 8 月 6 日，国务院颁发了“信用社体制重大改革”的 105 号文件，在全国范围内拉开了信用社改革的序幕。1984 年 12 月，苍溪县建立县联社，负责日常管理和业务指导，形成县、乡两级法人体制。这个时候，虽然仍在农业银行领导管理下，但县联社的建立，进一步恢复和加强了信用社组织上的群众性、管理上的民主性和经营上的灵活性。更为重要的是，增强了苍溪农信的内部管理能力，有利于基层社的发展。这是信用社走向完全自主管理和发展的一个重要标志。

1985 年的中央一号文件明确指出：“信用社组织的资金，除按规定向农业银行交付提存准备金外，全部归自己使用。在保证满足社员农业贷款之后，可以以余款经营农村工商信贷，可以跨地区开展存贷业务，信用社之间、信用社与各专业银行之间可以发生横向业务联系。”国家体制改革的重大成果，有效促进了苍溪农信的发展，苍溪农信经营活力不断增强，业务发展日益活跃，在调节农村经济、支持“三农”发展等方面的作用越来越大。

怎样实现自身发展？无疑是一个重大课题。在广袤的农村，信用社最大的优势就是与农民朝夕相处，那是永远割不断的血脉。曾在县联社工作的老同志回忆说：

二十世纪八十年代中期到九十年代初期，由于经济环境和金融秩序比较混乱，粮食收购打“白条”，生猪收购打“白条”，其他农副产品交易中也是“白条”满天飞。

在这种大环境下，苍溪农信信贷资金的回笼与筹集异常艰难。而这段时期也正值党的十一届三中全会以后，农村生产责任制发生重大变革，包产责任制的落实，农民的生产积极性空前高涨，生产生活需要大量资金支持。为解决农村信贷资金的供需矛盾，县联社督促各信用社加强柜面服务，实行早开门、晚关门，接待顾客要做到“三声”，即：来有迎声、问有答声、走有送声，以优质服务赢得顾客。同时，指导各信用社在人手少的情况下，通过代收代付等各种渠道回笼资金、组织存款，以满足新形势下全县农村经济的快速发展。

信用社主动为粮食收购部门代付粮食收购资金，为食品站代付生猪收购款，为邮政部门代解汇款等。在当时，为组织资金，缓解资金紧张局面，信用社几乎主动承担起所有农产品交易的代收代付业务，如蚕茧、红麻、烟叶收购等等。冷场天，信用社职工还要带上票据分头到各单位、各商业网点、农户家中收存款，以解逢场天农民取款、贷款的燃眉之急。

那个年代，信用社没有自己的食堂，在外单位搭伙，信用社职工经常因业务繁忙丢不下手而不能按时吃上一口热饭、喝上一杯热开水。由于业务笔数多、连续工作时间太长、身心疲惫，还常常差款错账，为此损失了个人利益、付出过太多代价……

千百年来，“穷则思变”是人们在征服自然过程中谋求生存的重要手段。改革初期，苍溪农信又将如何披荆斩棘推动自身长足发展呢？

2/ “包” 字创造的奇迹

丰子恺说：“这个世界不是有钱人的世界，也不是无钱人的世界，它是有心人的世界。”

上有“婆婆”，下有200多号员工，业务徘徊不前，资金缺乏，基层信用社大多都是等业务上门，这是当时的状态。县农行领导和信用合作股的同志看在眼里，急在心头。在1984年初的一次行务会议上，首次就“包”字各抒己见，展开了热烈的讨论。“既然农村经营管理可以搞大包干，短短三年时间，就解决了农民的温饱问题，现实农村信用社资金这么困难，为什么不可以搞经营承包呢?”然而，在全国金融行业没有先例，更无经验可以借鉴。1984年3月，通过集体决策，在农行信用合作股指导管理下，一致同意引进“包”字，并在内部探索运行。

刚刚“冰融解冻”，就打破历来已久的“条条框框”，唯有调查研究才能稳扎稳打。于是，经过一番论证之后，终于诞生了“信用社经营承包责任制的实施方案”，其核心是业务成果与员工个人收入所得挂钩，实行浮动计发。打破“三铁”搞“等级管理”，涵盖员工“德、能、勤、绩”和各项待遇，关键在于落实奖惩逗硬。其目的就是将信用社所承受的压力变为“主动出击”的动力，奖勤罚懒，充分体现“多劳多得”。想不到，这样一来，人的主观能动性被调动起来，其聪明才智得到充分发挥。不到三年时间，苍溪农信发生了翻天覆地的变化。1986底，全县信用社存款余额 2 204 万元，较 1983 年净增 1 075 万元，翻了近一番；贷款余额 3 903 万元，较 1983 年净增 2 533 万元，增长了 2 倍；股金由 46.5 万元上升到 178.5 万元，增长了 3 倍；全县 69 个社，社社盈余，三年共实现利润 180 万元，提留各项基金 190 万元，向国家上缴税金 15 万元，摊销历年基建款 20 多万元，内部效益达 400 万元，信用社各项积累、财产 744 万元，在 1983 年基础上增加了 435 万元。实行承包责任制可谓首战告捷，连续三年信用联社实现“三赢”，《金融时报》为此作了经验性的长篇报道。

常言道：“有了家底，说话才会硬气，腰杆才会挺直。”县联社从 1987 年开始争取新建、改建信用社指标，有计划、有步骤地改变落后的办公条件，全县信用社面貌逐步焕然一新，在人民群众中间树立起了崭新形象。除此之外，采取措施办“五小事业”，即各乡镇信用社建起小食堂、小菜园、小活动室、小客房、小浴室，这在当时是让其他单位羡慕的。建立职称评定通道，组织文化基础好、工作能力强的年轻职工到四川省银行学校和西南财大脱产学习，每年为职工进行健康体检，从方方面面创造良好的工作氛围和生活环境，稳定了全县职工队伍，出现了一门心思谋发展的势头……

苍溪农信破“三铁”，即“铁交椅”“铁工资”“铁饭碗”，属于全省金融系统首创。县联社第一届班子成员承担掉“乌纱帽”的风险、打破“三铁”这个让人棘手的堡垒，搞承包经营，“摸着石头过河”积累经验，为苍溪农信树立了一个具有里程碑意义的开端。1988 年起，苍溪农信在总结三年承包经营成功经验的基础上，通过广泛征求职工意见和反复分析研讨，推行和完善了三项内部管理改革措施。一是主任任期目标责任制。即在订出全县三年奋斗目标后，明确主任三年任期内要达到的数量指标、质量指标、文明建设、职工收益及福利事业目标。打破了主任终身制，使联社的各项部署安排能够落到实处。二是推行联系各项经济指标工资奖金福利全浮动加超利润分成的工效挂钩承包经营责任制，使企业的兴衰与职工所得结合面更大，密度更紧，调动了各自的能动性和单位的整体功能。三是推行了分类指导措施。即条件基础好的15个社继续扩大业务，夺取高效益，调出资金扶持困难社。36个中等社立足于充分营运资金，在取得社会效益的前提下，不断提高自身效益。18个困难社在联社和兄弟社大力扶持下，强化核算，降低成本，增收增盈。

一分耕耘一分收获。

1994年末，苍溪农信资产总额1.99亿元，其中贷款1.08亿元；负债总额1.48亿元，其中存款1.14亿元，所有者权益0.51亿元；不良贷款控制在5%以内。在苍溪这个国定贫困县，农村信用合作事业有了长足发展的空间，实现了连续11年社社盈余无亏损，利税总额达1 359万元；连续10年无案件事故。

1990年和1992年，苍溪农信被中国农业银行四川省分行授予稽核工作先进集体和经营管理先进集体。

3 踏平坎坷成大道

马歇尔计划实施之后，德国经济开始复苏。中国经济复苏是在十一届三中全会以后，由计划经济向商品经济进而向市场经济转型。钱，使人们的大脑与心地活跃、丰富起来。经济发展所带来的第一个狂潮就是购买家用电器，比如令人无比炫目的电冰箱，白白方方的一大件，装得下好几天的吃食而且保质不坏，令人艳羡不已。不仅如此，电视机、收录机、自行车等也在追捧之列。

在改革开放的大潮中，广东、福建沿海等一些地方出现了大规模走私贩私、投机诈骗之类的严重经济犯罪。这些涉及经济领域的犯罪，不仅发生在沿海，内地也逐渐蔓延开来。至1983年4月底，全国立案审查的各类经济犯罪案件约19.2万件。毋庸置疑，改革开放同样催生了我国一系列法律的诞生……

1981年12月13日，第五届全国人民代表大会第四次会议通过《中华人民共和国经济合同法》。1982年7月1日正式实施以来，培养了一大批懂经营、善管理的人才。这部法律的诞生，成为信用社“保驾护航”的有力武器。20世纪80年代，苍溪乡镇企业异军突起，一些项目盲目上马，最终导致企业贷款成为“呆账”。贷款做生意的人也越来越多，一些人因经营不善，贷款久拖不还。1988年开始，在全国“治理经济环境，整顿金融秩序”大潮中，苍溪农信开展了强化内部管理、整顿金融秩序活动。通过清股、扩股，密切了信用社与社员的经济联系，经营管理体制有了明显改善，内部经营机制逐步向自主经营、自负盈亏方向转变。

与此同时，在这一大背景下，苍溪农信在县委、县政府的领导下，与司法机关配合，开展了声势浩大的清收非正常占用贷款的“依法收贷”攻坚战，信用社的权益自建社以来首次得到了政法机关从法律层面上的支持与保护。这是当时基层信用社元坝的做法，可谓立竿见影：

元坝片区信用社抓住千载难逢的历史机遇，根据《苍溪县人民政府关于在全县范围内清收非正常占用贷款的通知》（苍府发〔1990〕66号），加强与各级党委、政府和人民法院的密切配合，按照各级政府安排的步骤、方法、原则，展开了信用教育和信用整顿工作。

采取“一摸、二排、三落实、四包干、五结合”的具体措施，即：摸清欠贷户的经济状况和偿还能力；排查有钱不还的“赖债户”和认账不认还的“钉子户”；落实还款资金来源、时间、金额；实行乡干部包村、村干部包组、组干部包户、信用社职工包片；普遍发到逾期通知单与开好大额贷款户会议相结合，抓重点起诉调解与启发带动一般户主动归还相结合，抓帮助贷户清收欠款与处理物资相结合，抓借款户与担保户相结合，抓扶持贷户发展生产增加收入与清收沉淀相结合。

……

这一年，苍溪农信依法收贷数百万元，极大地扭转了“清非”中的被动局面，积累了面对市场经济合规经营的宝贵经验，全县信用环境得到了突破性的好转。1990年第52期《广元农村金融》以“敢问路在何方”为题，在全市农行信用社系统推广其做法……

逐步走上正轨的苍溪农信乘改革东风，焕发出蓬勃生机。1996年底，苍溪农信存款余额达到2.2亿元，贷款余额2亿元。究其根源，苍溪农信的发展壮大与地方经济社会发展休戚相关。历来苍溪农业在全县经济中具有举足轻重的地位，由于自然条件差，经济基础薄弱，1986年，苍溪县被国务院列为全国首批重点扶持贫困县。1985年，全县国民生产总值42 818万元，农业总收入18 897万元，财政收入740万元，农民人均纯收入297元，农村居民储蓄存款1 146万元。到“十五”期间1998年末，全县国民生产总值96 092万元，农业总收入155 797万元，财政收入7 247万元，80%的乡镇财政收入超过100万元，农民人均纯收入1 409元，农村居民储蓄存款33 788万元，贫困农民提前越温达标。

4 扎根原野的绵绵情怀

苍溪农信一步步从岁月的时空隧道走来，不断发展壮大，枝繁叶茂。靠的是什么？无疑，探索拼搏的“农信人”用行动和业绩向我们作出了响亮的回答……

埋头苦干的“老黄牛”

许润川，1944年出生，73岁。1963年初中毕业，经人介绍与南江县下乡知青李莲芳结婚。1964年6月，许润川调任黄猫公社信用社会计。1981年，许润川担任黄猫乡信用社主任，2003年退休。

黄猫信用社成立于1954年。二十世纪六七十年代，在偏僻闭塞的黄猫，老百姓贷款主要是救急、救穷，没有经营和投资的理念。俗话说，当家才知柴米贵。1981年，改革的春风沐浴黄猫乡，我担任信用社主任后，发展几乎无“牌”可打，既缺少可以向外借贷的资金，又缺乏能够生息回本的借贷对象，来贷款借钱的，要么是领导介绍，要么是亲朋好友来找，说你这当主任了，能不能给我搞点钱，这两种都是把信用社当慈善机构了。至于说存钱，在那个年代里，不是说老百姓有没有存钱的意识和习惯问题，而更现实的是大多数都还光着脚板、饿着肚子，一年365天没有几天不用掰着指头过日子，哪里有余钱、闲钱存到信用社生利息呢？

第一件事情是追欠款。每个月向党政领导汇报信用社家底和资金周转状况，并向领导建议，对赖账的重点户，采取乡政府、信用社和村组干部三结合的方式，对贷款户做思想工作，督促尽快还款。通过这项措施，解决了黄猫信用社“等米下锅”的问题，资金的周转流通逐步好转，群众对信用社资金也逐渐建立起“有借有还，再借不难”的意识。

从此以后，我安排好单位的工作就下乡，去找村组干部、找当地有名的人物。在高台村，我发现六个组都有专业能手，有多种经营生产专业人员，但他们经济发展的重点不明确，没有骨干项目增收。于是，我支持他们规模发展多种经营生产，六个组逐一落实了各个专业场、组的“五定、三落实、五抓”的具体措施。同时，信用社大力给予资金支持，及时解决种子、化肥、农药的急需。当年，高台村除还清贷款本息外，还存款25 000元，社员分配34 700元，储蓄11 400元。高台村的成功试点，让上级党政和银行领导十分重视，多次总结经验，在全县推广。

黄猫信用社主动出击赢得了声誉，全社上下精神振奋。所有员工分片下乡调研，辅导、扶持村组发展经济。发现部分村社耕牛十分紧缺，就提出大力支持社员养耕牛，把老百姓的“三怕”变为“三主动”。信用社职工深入村社，挨户摸底排队，选准支持对象，还把中央的文件和领导的讲话送到村社干部和群众手中。

1982年，全乡发展107户养牛114头，主动为养牛户联系销路，有63户出售耕牛71头，获利2万多元，除还清贷款外，还储蓄1 730元。为此，《四川农民报》《南充报》作了图文报道。

实行农村土地经营权承包后，黄猫信用社又推出了支持“千元户”“帮扶困难户”等措施，把全乡农户进行分类，规划了100户重点支持对象，引导全乡农户致富，当年，100户重点户实现多种经营收入106 330元，户均1 063元，还清贷款2 300元，储蓄34 500元，县委、县政府和支行多次总结黄猫乡的经验进行推广。

黄苗村赵某，1974年以来累计欠贷1 240元，每次只贷不还。我多次去他家，帮他找到烧制砖瓦的项目，并再贷款300元支持他，经过两年的努力，赵某偿还了全部贷款本息，后来还成为有名的“万元户”。杨坝村五组张某，因为小孩多，劳力少，十多年累计欠贷842元，我找来养鸭能手，帮助指导他家养鸭子，并再放100元贷款给他，让其三个没有读书的孩子一起来养，当年就收入1 200多元，不到两年，他就主动还清了全部贷款。1983年，我被农行南充中心支行授予“金融红旗手”，还当选为县人大代表，是多届乡党代表和人大代表。

在黄猫信用社那些年，我和同事有下不完的乡、蹲不完的点、包不完的片，包括带着孩子的妻子李莲芳，黄猫乡的山山水水留下了我们忙碌的身影。

三十二年的“好当家”

王立发，1938年10月28日出生，79岁。担任过大队会计，1966年6月担任白庙信用社主任，长达三十二年九个月，1999年

2月退休。

白庙也就是现在的白驿，与阆中接壤，犹如“边关大门”，责任重大。从我到信用社一直到1978年，资金尤其紧张，组织存款很费力气，面对支持当地农业生产的艰巨任务，我感到压力特大。那时候，年终“撵决算”跑了不少路，我“挖空心思”让集体存款和社员个人“牙齿缝里挤出一些”。与此同时，信用社除了“决不跨地域贷款”外，还要合理安排农业贷款的去向，真正做到“一点雨一点湿”。

20世纪70年代，生产队种红麻，我经常与供销社的人一起往困难队送种子、贷款下乡。咸阳二队，干部不团结，集体没啥积累，穷得叮当响。我驻队后，先从队干部入手“整顿思想”，树立改变落后面貌的信心，让全队老百姓心往一处想，劲往一处使。那年春季种玉米，没钱买化肥，我马上办理贷款到供销社购买了四吨磷肥，组织社员肩挑背磨运回来赶上春播，当年粮食翻番，口粮从以前的200多斤增加到500多斤。金良大队是个石谷梁，老百姓的土地全是冷沙地，真正的广种薄收，没钱安电解决照明问题。我背上账本，与当地的干部一起安排贷款，终于让五个生产队的家家户户用上了电灯。紧接着，召开社员座谈会，大力倡导老百姓大面积种植适宜沙地生长的花生，当年卖了花生还清了安电的贷款本息……

“扶危救困”是信用社义不容辞的担当。樵坝四队杨某是个出了名的困难户，买“统销粮”用袖筒偷粮食，落下手脚不干净的坏名声。他在信用社有贷款，因为家里穷，结利息都成问题。有一次，我碰到他过问贷款本息，他还当众骂了我一通。数月过去，他拄着拐棍来信用社见到我就哭了。原来，他背石头时把尿管砸破了，裤子都是湿淋淋的，一直无钱去南充看病。我二话没说，当即为他办理了60元贷款，他住院治疗20多天，后来他的老婆又来办理了80元贷款才出了医院。从那以后，杨某变了，逢人便说道信用社的“救穷救急”。隔了两年，他靠勤劳双手还清了贷款本息。

那是1984年夏天的事情。我当时在歧坪营业所开会，那天刚吃完晚饭，秀方一队的侯顶益急急忙忙找到我，说四岁的儿子得了白喉炎，急需钱转到县医院做手术。人命关天，我同他一起到歧坪医院问明情况后，当即在熟人那里借了50元钱和20斤粮票给他。随后，又贷款120元，治好了娃娃的病。他的姑父是支部书记，点拨他要好好感谢我。他送来鸡蛋，并承诺帮工干农活，都被我婉言谢绝了。事实上，加上自己年轻时救过两口子，我一生救过三条人命。我觉得，作为一名普通的共产党员和信用社职工，做点帮助老百姓的事太应该了。

搞好信用社的内部管理，“管好人”很关键，唯有严格要求、加强学习，才会让人的思想纯正。1975年底，文昌营业所来白庙搞“清理”，大约半个月时间，查出会计侯某因开假存单套取利息1 600元，挪用公款2 400元。农历腊月二十九日那天，由我带路，县公安局来人到他家里逮捕了他。后来，县人民法院判处他有期徒刑5年。这无疑敲响了警钟，我深刻体会到，从事经济工作的人，一定要经得起金钱和物质的诱惑，不然就成为钱财的俘虏了。1984年，白庙信用社四个人，两个人“主内”、两个人“主外”，我偶尔发现会计逢场天跑到附近家属经营的食品店帮忙，“打招呼”也不见效。于是，我以交心的方式多次做思想工作，最终解决了这件令人头疼的事情。

“管好资金”这一关，是信用社的生存之道。二十世纪八十年代初搞改革开放，1981 年秋天的时候，苍溪“土地承包到户”，信用社逐渐加大了放贷力度。有一些人“钻缝”都想到信用社搞到贷款，如果不坚守“底线”就会出问题。1982 年春天，马桑二队刘大成来信用社贷款 50 元，年底我下乡去收利息，才发现遭“冒名顶替”，这笔贷款放“飞”。1984 年清理时，我自知理亏，觉得应该主动遵守“谁放贷，谁负责”的原则，当着工作组的面自掏腰包赔了。哪晓得，这成为歧坪营业所的典型，开会为我发了奖状，还有奖金，对于我来说，自认为“赚”大了。吃一堑，长一智。白庙信用社自始至终坚持谨慎发放大额贷款。1985 年前后，全县银行系统因放汽车贷款出现了“风险危机”。1987 年夏天，县农行陈仕全行长带队到白庙督查，一一翻过 17 个村的贷款账目，仅有一笔 4 000 元的拖拉机贷款到期没有收回来。这年 10 月，县农行信用合作股通知为我晋升一级工资，每月增加 12 元钱，是歧坪区唯一一人。

1993 年 5 月，我被中国农业银行广元市分行评为“教、清、整”活动先进个人。

九龙山下“领头羊”

邓仕涛，1940 年 12 月出生，77 岁。1965 年担任三川公社川桥大队会计，1970 年担任天观信用社会计，1975 年起担任三川信用社主任，出席过农行南充中心支行“先代会”，二十世纪八十年代，他带领的三川信用社被评为市县“组织存款先进单位”、农行广元市支行“十佳先进集体”，2001 年退休。

刚去三川时，信用社账上只有5万元股金，贷款多，存款少。集体生产年终分配是组织存款的大好时机，于是，我主动到公社要来每个大队和生产队的时间表，背包带账现场组织存款。劳动力富余的家庭挣的工分多，可以分到一千多元，留下必要的开支，常常存入信用社七八百元，一般家庭都能组织二三百元或者几十元，“集体提留”也顺理成章地存入信用社开设的专用账户。除此之外，走村串户，把在外工作人员的名字记在笔记本上，比如行政干部、铁路工人、二线兵团、石油工人等家庭收入情况了如指掌，去一趟不会跑空路，都能揽到一些存款。就这样，年复一年，信用社的存款逐步增长起来，改变了过去贷款“空壳”的状况，渐渐“活”了。

随着三川信用社存款的增长，贷款总量也一步步增多，有力地支持了农业生产。那时，社会经济发展缓慢，老百姓文化素质不高，诚信缺失，仅仅数年时间，不按时归还贷款的农户越来越多。1978年，在地方党委、政府的干预下，开展了声势浩大的“依法收贷”攻坚战，针对“钉子户”采取系列措施，起诉并强制执行了一批“赖债户”。这年“依法收贷”成效明显，仅仅一百天，收回贷款50多万元。后来，我代表信用社在县、南充地区金融会议上作了经验发言。

如何壮大基层信用社的实力？做好股金的总量是关键。三川位于九龙山脚下，有11个村，3 000多户。1988年扩股，每股50元，我们4个人分头上门服务，到家家户户去动员，给单位和个人做了大量的思想工作，个人有入10股的，少的有几股，经济条件不是很好的都有1股，实打实地全覆盖，这样，信用社新增股金数十万元。记得有一年，别的信用社资金紧张，我们还拆借出

100 万元。

二十世纪九十年代初，信用社扶持种养业，可圈可点。龙泉村打算利用九龙山茂密的草地养殖黄羊，无钱买种羊，贷款 5 000 元，买回优质南江黄羊 60 只，请了两个人放养，白天赶上山，晚上撵回岩洞。就这样，三年后黄羊发展到 120 只，共卖了 3 万余元。村上不但还清了贷款本息，集体还因此有了积累，顺利地修了一条公路。向家沟水库附近的村民杨新春，有放养鸭子的想法，我调查核实后，觉得杨新春有经济头脑，吃苦耐劳，向其投放贷款 3 000 元，他买回 1 000 只小鸭，一年后，卖了鸭子，还清了贷款本息，还存入信用社 8 000 元。卧龙湾村民魏云，贷款 1 万元养鱼，一年后，还清了贷款本息，成了远近闻名的“万元户”……

我清楚地记得 1975 年到三川信用社时，一间半营业室，会计在一个角落里办公。后来，由于增加了员工，买了老百姓三间房才勉强够用。到 1996 年行社脱钩，成了全县的强社之一，发展到有 80 万元积累。也在这一年，信用社修起了 2 000 多平方米的办公楼，那才叫舒适、洋气！

“镇水经验”创造者

李友均，1940 年 6 月出生，77 岁。1960 年担任建设大队第一生产队会计，1964 年担任建设大队大队长，1966 年担任五里公社多种经营干部，1971 年担任回水信用社会计，1976 年担任镇水信用社主任，1988 年担任五里信用社主任。1980 年 6 月 20 日《人民日报》报道“镇水经验”。1981 年，被评为“南充地区金融红旗手”，曾两次出席农行南充地区中心支行“先代会”，二十余次荣获“先进个人”荣誉称号。2000年退休。

1976年春天，我来到当时城郊区排名倒数第二的镇水。虽然地处县城边缘，却经济条件差，存款组织不起来，信用社就“无米下锅”。除此之外，老百姓“嘴巴搁在粮站，手伸向信用社”的依赖思想严重。前任信用社主任是个转业军人，早不想干了，脚底擦油调走了。剩下一个信贷员上午营业，下午还要“下队”。见面座谈那天，信贷员愁眉苦脸，一副情绪低落的样子。

世上没有啃不下的“硬骨头”。于是，我拟订搞“活”信用社的“三部曲”：一是争取县上支持款，并想方设法拆借，解决资金“瓶颈”；二是从实处着手，用“活”资金，从而改变落后面貌，解决社员的温饱问题；三是发展以砖瓦、蚕桑为突破口的副业，壮大集体经济。

邻近嘉陵江河道的健康大队，老百姓住在半山腰，常年干旱，眼看着山脚的江水浩浩荡荡地流淌。健康大队三队最穷，缺水源，种粗粮，工价不到一角钱，人平口粮167斤，因为资金困难，农业投资逐年减少。县文教局、宣传部“驻点帮扶”，与老百姓吃住在一起。青黄不接的3月，老百姓缺粮食，就想办法借粮1.2万斤分到各家各户。根据规划，建电灌站共需投资2.7万元，国家投资1万元，信用社贷款1万元，群众自筹7 000元，花费50多天，建起了两级电灌站，能够灌溉土地670亩，人平口粮达到600斤。听说下游的阆中建修丝厂、绸厂需要大量砖瓦，我马上与支部书记杨天军动身前去考察，找到建修方洽谈签订供应合同。回来后，组织六个生产队烧窑加工砖瓦，贷款7 500元购置设备、煤炭，热火朝天地干了起来，然后用船运到阆中，换来一沓沓的钞票。五个砖瓦厂，烧了46窑，出售砖瓦95万匹，盈利3万余元，其中六队的劳动单价提高到一元二角，人平收入 280 元，人平口粮 800 斤，成为全公社最高标准的生产队。1980 年，健康大队粮食产量达到 117 万斤，农副业总收入达到 23 万元，人平收入 280 元。与此同时，给群众投放小额贷款养鸡鸭。农村经济的发展，促进了信用社搞活业务，这年收回历年旧贷 3 700 元，存款 6 300 元。后来，“镇水经验”曾在南充地区农行和农总行苏州会议上作为支农典型经验介绍，《人民日报》、中央人民广播电台对镇水信用社“支持商品生产，搞活农村经济”作了详细报道。

“镇水要得富，必须因地制宜找门路。”解放、和平、杜里坝这三个大队是苍溪发展蚕桑最早的地方。因与阆中丝厂近在咫尺，信息相对灵通，信用社主动联系阆中蚕茧站来镇水搞蚕桑发展生产。深挖荒山河滩潜力，积极组织资金，配合公社发展蚕桑，购买桑树苗、蚕种。三年时间，建成蚕桑基地，年收入 23 万元，成了全县发展蚕桑的典型。

难忘 1981 年那次涨大水，镇水是重灾区，大部分社员的房屋遭水淹了。我在伐木沟的石岩下住了半年，现场办理贷款买木料 150 立方米，支持社员灾后重建。看到一间间新房拔地而起，我才拖着患有风湿病的身体离开……

“放水养鱼”，才会让信用社“活”起来。原来在农机站工作的郑某某，贷款 1 万元，因与领导“顶牛”遭下放了。于是，我专程找到他做思想工作，叫其千万不要气馁，可以利用自己修车的技术干一番事业。后来，我托在广元三堆的亲戚帮他找到门面，又贷款 200 元作为路费，数年过去，他不但回来还清了贷款本息，还存入信用社 15 000 元。我记得还贷款那天，他还请了厨子做了一桌子饭菜，特意邀请我去他家，席间，这位七尺男儿哭了，说的全是感激的话。先锋大队办有一个桐油加工厂，承包人贷款2万元收桐籽，因不了解市场需求，生产出来的桐油卖不出去。我得知湖南油布伞厂需桐油的消息后，与他一起找到厂家来苍溪的采购员，终于为积压的桐油找到买主，承包人也如数还清了贷款本息。

我在镇水整整十二年。1987年底，镇水信用社“翻身”成为全区第一名，成为农行系统首批“县级文明单位”。

产业富民“急先锋”

王朝义，1946年8月出生，71岁。1968年3月参军，1973年12月复员回到双田信用社负责，1978年10月担任高坡信用社主任，1981年至2006年担任双田信用社主任，2007年1月退休。

“大石坎，黄泥梁，天旱三天泥如刀，雨淋三天一泡糟。”这句顺口溜，无疑是双田自然条件恶劣的真实写照。双田由双石、田菜分过来一些“地盘”组建的一个乡，“两河、九沟、两坝”，大多数老百姓居住在一个全是黄泥土的山梁上，只种植水稻。因小麦种在地里不长，没有副业。我刚去双田时，信用社可谓家底薄，存款1.8万元，股金0.78万元，贷款2.3万元。

那几年，信用社积极配合当地党委、政府，为生产队兴修水利投放贷款，借助支持款和拆借款，把有限的资金用在刀刃上，修起了一批堰塘、水库。大雁大队的五麻梁，与群众一道奋战数月，修起的五麻堰蓄水达20万立方米。这样，从根本上解决了“黄泥梁”干旱的问题。紧接着，信用社贷款支持双田七队、八队建起三亩桑园试点，呈弱酸性黄泥土壤适宜桑树生长，密植桑树长势茂盛，第二年就开始见效，每年收入2 700元左右。随后，公社召开桑园现场会，带动整个公社的大队、生产队种桑养蚕……

1981年初春，我从高坡信用社又回到双田。这年秋天，我与信贷员一道下乡组织存款。“眼见为实，耳听为虚。”摆谈中觉得大堰村池运文精明能干，有经济头脑，种过西瓜，有养殖长毛兔需要贷款的强烈意愿。经过商讨，我们认为兔毛价格好，池运文夫妇勤劳肯干，当即同意办理贷款，希望他带动更多的老百姓致富，并将这一情况及时向乡政府领导汇报。池运文拿到1 200元贷款后，千里迢迢从浙江买回3只公兔、4只母兔。长毛兔繁殖能力强，每年一只成年兔产仔2～3窝，产仔数量10多只。池运文夫妇精心喂养，当年顺利产仔36只。信用社继续投放贷款800元，让他修起了150孔兔圈。第二年，产仔更加频繁，一些农户也跃跃欲试。有了兔源，先从王兴珍、牟森林那里开始发展养殖长毛兔，投放贷款修起兔圈120孔、80孔。接着，在双田、八字两个村各规划了5户养殖，一些农户担心销路，害怕兔子染病。我与池运文一起到农户家里开坝坝会，乡村干部到场，池运文现身说法讲他养殖长毛兔的故事和经验，打消了养殖户的顾虑。池运文家的小兔每只出售40元，这年底，他还清了贷款本息，还到信用社办理了5 000元存款。两年时间，先后有100多户参与养殖长毛兔。县畜牧局、乡政府在双田村召开现场会，全乡迅速掀起了养殖长毛兔的热潮。信用社实施贷款支持，凡修建150孔兔圈的农户，其中100孔兔圈可以贷款，每户贷款额度700元或者800元，用于购买水泥、河沙、石板，成就了一批养殖长毛兔的大户。后来，信用社每年贷款规划50%用于养兔业，贷款额度达60万元。

长毛兔发展起来了，兔毛销售和技术培训成为薄弱环节。先是小商贩来双田收购兔毛，每斤60元，一只成年兔每年剪毛近10次，可以卖160元左右。我先后与上海嘉兴、浙江的商贩接洽。一个叫常宝华的浙江商贩同意既收购兔毛，还带技术员上门指导，每月一次养殖防病技术培训，解决了农户养殖长毛兔过程中遇到的难题。每年由信用社组织赛兔会，养兔大户抱来兔子，现场剪兔毛，产量高的优胜者成为种兔供应户。以池运文、王兴珍、牟森林、任大记等为主的养殖大户向全乡和附近乡镇供应仔兔，建立良种长毛兔基地，保证了兔源的纯正优良。后来，我发现外地商贩赚的差价高，就组织发展本乡10多个小毛贩到农户家中收购，何继常、苟丕成等三个大一些的兔毛贩收购后直接送浙江厂家，养殖户获利增加。

1988年，双田养殖长毛兔达21万只，产值达500万元，成为双田产业发展的“顶梁柱”。双田长毛兔在县内外赫赫有名，得到县委、县政府的肯定和认可，信用社存款直线上升。

二十世纪九十年代中后期，兔毛市场渐渐疲软，信用社及时转向支持农户栽植红心猕猴桃……至我2006年退休时，双田信用社存款余额达780多万元。

“抠门”主任的亿元信用社

彭必凯，1946年3月出生，71岁。1972年6月至2006年2月在岳东信用社工作，期间担任信用社主任16年。

二十世纪八十年代初，因拓展信用社业务及改善办公环境需要，先后修建岳东信用社和青龙信用站两处房屋。当时资金紧缺，为了节约建修成本，我白天坚守业务岗位，晚上露宿建筑工地看建筑材料，一段时间睡竹席，自己身上被划出道道血口，冬天没有多余的棉絮，就睡在木板上，直到建修完工。一次，在与建修工人闲聊中无意得知有一位木匠趁工作之机，“顺手牵羊”偷了几根短钢筋。于是，我苦口婆心说服他，最后，他从家里拿回据为己有的钢材归还了信用社。新买的石灰因无处堆放，只好放在露天坝，结果长时间下雨石灰结成饼无法再用，我就先把石灰饼晒干，用“镰架”将其拍打，后用筛子筛出可用部分，既保证了建筑质量，又为信用社节约了成本。从此，人们便给我取了个“彭抠门”的绰号。

1984 年起，我担任岳东信用社主任，团结带领员工真抓实干、一丝不苟地做好每一笔业务，使本社各项任务指标均名列文昌区乃至苍溪县前茅。经南充中心支行批准，岳东信用社被评为县先进集体，授予我先进个人并特别嘉奖晋升一级工资。二十世纪九十年代中期，信用社与农行脱钩之初，面临资金不足的严峻挑战，为组织存款，我动员社内职工杨淑华、彭必学与我一道，充分利用人脉关系，吸纳在外地工作的亲朋好友存款，如果他们需要取钱，自己付汇费及时给其汇去，既吸收了存款，又赢得了信誉。与此同时，我还多次与场镇个体户广泛沟通交流，把存款与贷款有机结合，动员他们及时将闲钱存入信用社……越来越红火的岳东信用社发展到 2011 年，存款余额突破亿元大关。

那些年，为清收贷款，我发扬不怕苦、不怕累的精神，一天步行百十里路，一月磨破三双鞋，吃的是窝窝头，喝的是山泉水，不分白昼和刮风下雨，跑遍了岳东镇 16 个行政村，承担 7 个行政村 37 个村民小组 1 580 户信贷包片任务，累计催收贷款 2 085 万元，其中收回 1970 年以来各种疑难贷款 200 多笔、53.7 万元。那是1995年的事，只有小学文化的药柏村一组村民张某某，由铁路工人解聘回家，上有老人年老体弱看病要花钱，下有小孩一天天长大上学要用钱，他愁得不可开交。我主动找上门去，帮助他在旺苍煤矿找了份工作，并贷款3万元让他在厂里入股，几年下来，他还清了贷款，还小有节余。如今，他儿子搞起了汽车运输兼修理业，钱袋子渐渐鼓了起来。青龙村二组村民张某某妻子早逝，自己常年多病，儿子在1993年7月接到四川省建筑工程学校的录取通知书，却不幸患上肺炎，当时他万念俱灰。我鼓励他树立生活的信心，帮他出点子、拿主意，贷款给他养兔子、养猪，并自己借给他800元学费。经过多年的奋斗，他成了远近闻名的养兔专业户、养猪大户、致富能手，在街上黄金地段修起了门市、住房，他的儿子毕业后找到了理想工作。三十年来，当地80%的农户都得到过农村信用社的支持，在发展副业、进行产业结构调整方面取得了明显成效。2006年，岳东镇农民人均纯收入达3 787元。

不怕边远争一流

李胜福，1953年1月出生，64岁。1977年参加信用社工作，先后担任会计、出纳、信贷员，1983年担任石马信用社主任，曾当选苍溪县第九届党代会代表，多次被县、乡镇评为优秀党员，被县联社多次评为先进工作者。2006年内退。

石马镇是苍溪县最边远的乡镇之一，与南江县、旺苍县接壤，全镇17个村112个组3 600余户2.1万余人。交通不便，信息闭塞，经济落后。老百姓穷，需要的致富资金也不能及时解决。为改变这种状况，我暗自发誓，一定要勤奋工作，造福一方百姓。在任信贷员期间，不论严寒酷暑，我坚持深入家家户户调查研究，了解生产发展，做到心中有数。同时，找准对象，发展专业大户。

1982年初秋，石马镇青山村村民何某，有知识、能吃苦，想改变贫穷面貌。于是，我帮助他规划土地，提供贷款支持，帮助他种植猕猴桃1 200余株。通过4年的发展，猕猴桃大见成效，他不仅还清了全部贷款6万元，还在石马信用社存款14万元。县政府组织全县干部群众参观学习，授予何某“致富标兵”称号。在何某的带动下，信用社又重点规划真武、五峰等8个村发展猕猴桃生产，到20世纪90年代，猕猴桃年产值达到600万元。

出重拳，打击赖账户。为防止诉讼失效，我两次专赴内蒙古追收隆某贷款10余万元。第一次追收未见成效，差旅费自掏腰包。第二次按计划追收回10万元，把损失降到了最低。其次选择有影响的、群众看得见的人和事，教育大家诚实守信。安家村支书隆某，拒不履行担保人义务，通过广元中院追回了担保责任贷款1万元。粮站站长杨某，拒不归还贷款，我社通过起诉，执行收回了全部贷款。由于敢动真格，起到了威慑作用。不良贷款占比降到5%以内。

大爱无疆，扶贫济困。2001年10月，我到灵观村白某家，清收多年未还的贷款，发现其妻子双目失明，他本人也被火烧伤，不便行动，子女常年在外务工，自己当即掏出200元，表示这是信用社对他的慰问。时隔半月后，白某托邻居帮忙，还清了多年未还的贷款。在其位，谋其职，为百姓谋福祉。在我工作的30年间，先后助学31户，金额7 000余元。

三十年的辛勤耕耘，三十年的敬业奉献，石马信用社旧貌换新颜。因业绩突出，1993 年，石马信用社被广元市评为“百千万活动先进集体”；1994 年，石马信用社被人民银行广元中心支行评为“一级信用社”，连续多年被县联社评为“最佳效益先进集体”，年年被乡镇党委、政府评为“支农先进单位”。

帮贫济困贴心人

权奎先，1957 年 10 月出生，59 岁。1977 年参加工作，先后担任白山信用社出纳、会计、信贷员，1988 年担任文昌营业所稽核员，1991 年担任白山信用社主任，2011 年 3 月内退。

1991 年，白山信用社举步维艰，存款 50 余万元，贷款 50 余万元，不良贷款占比 50%。我到岗以后，以社为家，狠抓内部管理，融洽群众关系。因为我相信，只有扎根群众，信用社才会枝繁叶茂。我担任主任半年时间，全社四名职工的心拧成了一股绳。

1993 年初夏，信用社在营业室侧边租了一间房子，我搬来自家的桌凳，办起了免费的“信用合作茶园”。赶场天，老百姓就三五成群来这里歇歇脚，家长里短地摆谈，别看小小的茶园，一杯清茶，却成了信用社联络群众感情的“聚心堂”，成了宣传党的方针政策和普及金融知识的“传经阁”。“信用合作茶园”一直延续了整整 8 年。

1994 年，白山中学改建危房缺少资金，我伸出援助之手，把农行奖励我的 500 元奖金和职工自筹的 500 元捐给了学校。不仅如此，还“一对一”资助四名品学兼优、家庭贫困的学生完成初中学业。除此之外，三年累计向 34 户特困户捐款、捐物折合人民币 2 600 元，义务为其代买生产资料，牵线搭桥，出售农副产品，并出谋划策，提供致富门路和信息，逐渐使他们跨过了温饱线。

1995年，信用社引进良种兔24对，给全乡12个村，每村2对，安排有能力的农户养殖，三年内白山乡发展毛兔20万只，成为声名远播的毛兔乡。寨垭村边远，不通公路，老百姓没有副业，我和信用社职工筹集6 000元，买来12万株桑树苗，免费交由群众种植。从此，寨垭村家家户户养蚕，农家小院飘出欢乐的笑声。

红庙村一组邱禄奎两兄弟都是残疾，家里穷得连泡菜坛子里都没有盐水，更不说成家了，买农药、化肥累起来的贷款达300元。有一次，我下乡路过，看到兄弟俩，鼻子酸酸的，当即掏出5元钱让他们先买几斤盐。后来，我又去过几回，兄弟俩勤快，浑身有的是力气，听从我的建议，做砖瓦烧窑，在1992年夏天，来信用社还清了贷款，兄弟俩的日子也过得像模像样了。

真诚投入，换来百姓的理解和支持。到1996年农行与信用社脱钩时，白山信用社存款余额达到248万元。1994年、1995年连续两年被农行市分行、县支行评为“先进集体”，连续10年被当地党委、政府评为“支农先进集体”。1993年，我被农行四川省分行授予“组织存款有突出贡献的先进个人”称号。

苦斗严寒傲霜枝

辛支雄，1955年8月1日出生，62岁。1977年参加工作，担任高坡信用社会计，1984年担任高坡信用社主任，1997年担任县联社东溪办事处主任，2007年担任县联社文昌片区管理组组长，2011年内退。

高坡乡地处高寒地区，海拔1 000余米，每年9月就下雪，屋檐下挂着冰凌子。穷乡僻壤，老百姓穷，信用社也穷，存款几千元，贷款几千元，股金几千元。我的老家在严家村二队，小地名辛家坪，距离高坡场20多里。1979年10月，我头天结婚，第二天便去上班了，发誓在自己的岗位上努力工作，改变家乡落后的面貌。

高坡乡地域广阔，辖13个村94个生产队3 000多户10 000多人，与龙洞、白山、石马接壤的两个村最边远，农户居住分散，爬坡上坎，下乡办一件事情，少则两三天，多则四五天，其辛苦程度可想而知。那些年，全乡十八岁以上的我都晓得名字，对其需求了如指掌。哪家什么时候肥猪出栏，在外工作的铁路工人什么时候汇款回来，都心中有数。一旦听到消息，赶忙丢下手里的事情，撵去组织存款，小额储蓄有300多户，辐射高坡附近几个乡。每年收购梅子的季节，走几十里山路，挨家挨户上门组织存款。

1984年，我担任高坡信用社主任。那时候，每逢赶场天，叫老婆上街来，中午煮一锅饭，炒一锅菜，赶场的老乡来了吃上热饭热菜才回去。不论哪家有了红白喜事，都主动前去。就这样，和基层干部、群众建立起深厚的感情。唯一对不起的是家人，1992年腊月，父亲去世，因为年底忙得很，父亲病重期间我没能见他最后一面，听妻子讲，直到咽气的时候，父亲还盯着门外，他是多么想见见自己的儿子啊！从上班的第一天起，连续16个春节，我没能与家人团聚，惹得妻子埋怨：日不归家，夜不落屋，过年都不回家，你就是个“野人”。

“种瓜得瓜，种豆得豆。”到我1997年调离高坡时，高坡信用社已经连续十年获得全县信用社效益第一，有几年，奖金还比联社机关发得高。当然，这些成绩的取得，归功于县联社“经营承包制”的推行。

5/助力苍溪“庭院经济”

苍溪，“庭院经济”流动的血液让老百姓走出贫困的阴影。这与农村信用社的“放水养鱼”紧密相连，老百姓的生活水平节节攀高，信用社不断壮大也就顺理成章了。

党的十一届三中全会以后，农村实行家庭联产承包责任制，农民的温饱问题解决了。这给一些头脑灵活、勤劳苦干、最先“富起来”的农民无疑带来了清新的“空气”和“商机”。

苍溪梨最早叫“施家梨”，由九龙山一位施姓农民发现并培育而得名。后来因果肉皎白似雪，入口即化，故名雪梨。苍溪梨以细嫩化渣，洁白如雪，汁多香甜而享誉盛名。也许是温度、光照、雨量、土壤的缘故，这里的雪梨果实特大，一般每个半公斤至1公斤，最大2.4公斤，据说居世界之冠。一到秋天，成熟的雪梨把树枝压得弯腰屈体。无论城乡集市，还是街头巷尾，雪梨处处飘香醉人。运梨的车辆往来如梭，乡亲们小心翼翼地采摘、装箱，一车车鲜梨运往大江南北，千家万户在欢笑声中品尝着苍溪梨的甜美味道。1984年10月，北京召开农村专业户座谈会，苍溪县柏杨乡种梨专业户、人称“雪梨大王”的卢履清应邀出席。他带上自己培植的1公斤重的雪梨送给邓小平同志。小平同志品尝后，托人电告卢履清：“雪梨收到，品种很好，要带动农民大发展，共同致富。”乡亲们牢记伟人的嘱托，种梨苗，建基地，兴市场，办公司，纷纷到外地登门销售梨苗，指导栽种技术；外地果苗商也前来订货运销，雪梨很快在省内外安家落户。

如何让农民吃饱肚子又怀揣票子？是一道难翻的门槛。1986年初，苍溪县委、县政府创造性地提出“山下建粮囤子，山腰栓钱袋子，山巅戴绿顶子”的构想，号召农户充分利用房前屋后的荒坡、水面、自留地等，大力发展“小果园、小桑园、小茶园、小林园、小鱼塘”的“五小”建设。二十世纪八十年代末，正式提出“庭院经济”并在全县范围内大力推广。“要得富，分开住，房前屋后栽果树，鸡鸭成群一大路，三年五年就致富”，还出台了庭院经济建设“百字歌”，庭院经济建设如火如荼。因此，这一引导和组织广大农民大力发展以庭院种植业、养殖业为主的庭院经济新生事物，加快了盆周山区脱贫致富的步伐。1989 年，全县农村人均纯收入达到 413 元，较 1978 年增长 5 倍，经省、市验收，提前一年越过了温饱线。

曾担任过运山信用社主任的何言林说，从大集体时兴办“米丘林”园艺场开始，一直到 1986 年家家户户栽雪梨树，信用社投入大量贷款予以扶持。1989 年，运山雪梨、柑橘等水果达到数百吨，成为苍溪县水果产量最多的地方和名副其实的“苍溪雪梨第一镇”。不可否认，那个时候的农民卢履清、罗时光是种植雪梨勤劳致富的典型，也是农村最早的“万元户”。

二十世纪九十年代以后，苍溪县委、县政府提出“三规四改”建庭院，强调“规划、规模、规范”，要求“坡地改梯地、零地改整地、薄地改厚地、瘦地改肥地”，形成了户成园、组成片、村成带、乡（镇）成规模，全县庭院经济建设向规范化方向发展。

1996年开始的“六个一”+“三配套”“户办工程”生态家园建设模式，是坚持农民主体、发挥家庭经营优势的“农业模式”，获得四川省唯一、全国仅10家的“全国庭院经济高效产业示范县”殊荣，一段时期庭园经济收入占苍溪县农业收入的60%以上，引起了国务院政策研究室、农业部的高度关注，曾冠以“苍溪经验”向全国推广。

二十世纪九十年代初，苍溪农信在支持农民脱贫致富奔小康中的地位和作用愈来愈突出。适逢农业银行省分行在全省开展“百、千、万”活动，全县信用社开展了声势浩大的“万家致富”实践，全力支持“庭园经济”建设。当时每个信用社主任包村，职工包户，帮助重点帮扶的农户定规划、定项目、定目标，年终检查验收，纳入信用社承包考核内容。“九五”末，农民在庭院经济方面的人均纯收入超过1 200元。

1992年4月，在广元市农村金融系统召开的“百、千、万”创先争优经验交流会上，苍溪县元坝信用社以《金融经济融一体，万家致富出效益》为题，作了经验交流。这年5月，四川电视台记者来苍采访，县联社副主任张文林介绍了信用社扶持元坝鹅溪村发展“庭园经济”的措施与成效。随后，四川电视台在黄金时段播出了《情系巴山农家院》的电视专题片。

……

改革，是社会前进的助推器，也是历史进程的文明符号。

1992年，党的十四大召开，明确了我国经济体制改革的方向就是“建立社会主义市场经济体制”。1993年12月25日，国务院发布《关于金融体制改革的决定》，确立了“建立政策性金融与商业性金融分离，以国有商业银行为主体、多种金融机构并存的金融组织体系”的改革框架。

在党中央、国务院宏观政策引领下，金融系统深化改革迫在眉睫。尤其是1996年7月13日，全国农村金融体制改革工作会议的召开，明确了农村金融体制改革目标：“建立和完善以合作金融为基础，商业性金融、政策性金融等各种金融机构分工协作的服务体系。”会议要求，加强县级联社的建设和管理，为下一步“行社脱钩”做好准备。这些“信号”的传递，成为深化农村信用社改革的必然趋势，在经历了长期的迷惘之后，农信社干部职工仿佛聆听到了急促的改革脚步声……

第三章　铿锵的脚步

思接千载，动魄惊心。历史长河中，翻腾的浪花转瞬即逝，蓦然回首间，或许便是一个折返轮回，大地上发生的一切，终归变成中国史页那一行行文字，曾经滚烫的热血故事，刹那间便化作冰冷的刻板记事。

世上本没有路，走的人多了便成了路。我看见明灯照亮人们前行的路途，愈来愈铿锵的步伐叠印的是那历经数百年不绝如缕的锲而不舍『跌爬滚打』的精神血脉，已经深藏在千里沃野之下，在川北苍溪这片土地上再度绽放。

1996年10月，国务院农村金融体制改革，剥离一个经济实体领导另一个经济实体的现状，信用社与农业银行正式脱钩，由人民银行监管，四川省信用合作协会负责行业管理。从此，苍溪农信自主经营，放眼农村金融改革，紧跟时代节拍，乘风破浪，挑战风云变幻的市场，迎来快速发展的机遇。脱钩之初，县联社班子立足长远发展，坚持支农方向不变，明确提出『农业发展我发展，我与农业共兴衰』的经营思路，大刀阔斧地进行内部改革，精兵简政，建章立制，着力提高职工业务素质。

路漫漫其修远兮，吾将上下而求索。

1 崭新的开始

改革，让每一个清晨呈现全新的姿态。

1992 年春天，中国改革开放的总设计师邓小平南巡讲话，让亿万华夏儿女听到了改革列车驶过祖国大地的轰然声响，《春天的故事》唱遍大江南北。党的十四大召开以后，全国各地掀起了计划经济向市场经济过渡的改革浪潮。在这一阕恢宏的乐曲中，农村金融成为其中一个快速跳动的音节。

1996 年 8 月，国务院农村金融体制改革部际协调小组下发《农村信用社与中国农业银行脱离行政隶属关系实施方案》。四川省的农村信用社管理部门，由当时的省农业银行信用合作处分离后，组建了四川省农村信用合作协会。县级联社领导班子的任命权则归人民银行各市分行，县级联社实际上受人民银行和省信用合作协会双重领导。

1996 年 10 月，苍溪农信在人民银行苍溪县支行的监督下正式启动“脱钩”事宜。通过对农村信用社在农行托管期间债权、债务及财产的清理，彻底划清了与农业银行的债权、财权、人权，成立了真正具有独立法人资格的“苍溪县农村信合作社联合社”。

时任农行苍溪县支行行长任守华的一番话，至今在一些老农信人的耳畔回响。那天上午，在他家的客厅，我摊开采访本。他回忆说：“我与信用社打了一辈子交道，在支行信合股管理信用社二十多年，对信用合作事业是有感情的。行社脱钩时，我对大家讲，信用社今后成为地方金融机构了，没爹没娘，要自谋生路，农行是中央金融企业，现在分家，我们要大度点，要人给人，该给的钱要算清，我们吃点亏不要紧，不要让信用社背上包袱，要让它轻装上阵，继续为‘三农’服好务。”

正因为如此，农行退回了之前通过特种转账方式划转给信用社的不良贷款本金 935 万元，占用期间的资金利息 260 万元。至此，农行与信用社之间长达 42 年的管理与被管理的关系在友好和谐的气氛中画上了句号。这在当年“行社脱钩”时，苍溪与省内其他市、县信用社相比，算是真正意义上的“轻装上阵”……

“行社脱钩”，让苍溪农信人终究找到归宿。“行社脱钩”，让苍溪农信自由地展翅翱翔，更好地承担时代赋予的重任。

信用社与农行脱钩后的组织架构为“两级法人”管理体制，即“苍溪县农村信用合作社联合社”和各乡（镇）信用社。信用社对外属独立的法人机构，对内隶属于信用联社管理，信用社仍以建制乡（镇）设立，全县共设立独立法人机构信用社 68 个，非独立法人信用分社 21 个。“脱钩”时，全县信用社（含联社）共有在编正式员工 335 人，非正式员工 49 人。资产负债总额 75 386 万元，其中各项存款余额 21 950 万元，各项贷款余额 20 143 万元，所有者权益 6 107 万元。

县联社首任领导班子为：主任冯泽鹏，副主任张文林、李开文。设有办公室、人事教育科、会计出纳科、信贷科、稽核科、保卫科和工会办公室，从农行和信合股选派牟光辉、任中国、李继尧、陈德润、刘怀德、罗统奎、王永莲 7 人担任县联社中层干部。辖内分设陵江、城郊、东青、五龙、三川、东溪、龙山、文昌、歧坪、元坝 10 个中心社，为县联社派出机构，1998 年改为片区办事处，2006 年改作片区管理组，负责信用社的业务发展指导和日常监督管理。机关办公地点临时设在城郊信用社二楼，后于 1997 年 9 月搬迁至红军路 168 号。

“行社脱钩”这一“踏浪而来”的根本性转变，翻开了苍溪农信崭新的一页……

2/ 建立正向激励机制

“发展”不论何时何地都是一个重要的词汇，对于像农村信用社这样“特殊”的金融企业来说，更是如此。

1998 年，为适应业务发展需要，苍溪农信进行了脱钩后的第一次增资扩股，将股本金从 2 081 万元增扩至 3 274 万元。

1998 年 3 月，增补原营业部主任田大兴担任副监事长。2001 年 3 月，领导班子调整为：党委书记、理事长冯泽鹏；党委副书记、主任张文林；监事长田大兴；副主任贾武普；纪委书记牟光辉。

二十一世纪初，中国进入城镇化发展的时代潮流。随着中国城镇化战略的实施和城镇化进程加快，相当一部分农村人口转化为城镇人口。在促进城镇经济和社会持续协调发展的过程中，保护环境，维持生态平衡，提高城镇居民的生活质量，改善人居环境，推动城镇社会和文明的进步，已经成为政府制定城镇可持续发展战略的重要内容。

如何做到与时俱进？同样为农村金融机构带来机遇和挑战。

因此，建立“以人为本”的激励机制尤其重要，苍溪农信的决策层深谙其由，顺势挖掘其“潜能”，彰显农信人持之以恒的禀赋。

1999年至2003年，脱钩后苍溪农信以强品牌、树形象、增素质为目标，强力推进精神文明和物质文明建设，秉承信用社的立社宗旨，扎根农村，服务“三农”，以“集体增效，个人增收，上不封顶，下不保底”的正向激励机制实行严格的绩效考核。“集体增效，个人增收”的核心内容是：以实现经营利润为目标，根据各信用社所处地理环境、社会经济状况、近三年业务目标实现情况，本着逐年合理增长的原则，以“利润倒逼”方式，在测算出各信用社盈利的基础上，由联社与各信用社约定当年应当实现的目标任务数，并逐社签订经营承包合同，目标任务涵盖经济指标、安全保卫、案件防控和精神文明建设等方面，实行百分制考核，各项考核分值在签订合同时确定在目标任务的细项中，年终考核以100分为基本点，考核超100分的，所在信用社员工工资按超分比例上浮；凡考核低于100分的，所在信用社员工工资按低于分数百分比下浮。

“一项社会制度是不是好的制度，其实有一个非常可靠的衡量标准，那就是看看这个制度是如何定义人的价值与意义的。”或许，这是对“以人为本”思想更为贴切的解释，事业的发展与兴旺来源于充分让一个个具体生动的人成为社会舞台的主角，从而成为我们衡量一切社会活动的尺度。

事实证明，松弛有度才会左右逢源，于细微中更见精神。联社对各信用社业务费用实行额度控制、比例管理的监管措施，即分社核定业务基本费用比率，凡经营收入超目标任务的，可按比例增加业务费用开支，凡未实现经营收入目标任务而超过核定费用额的，在员工工资中扣减，同时实行超利润分成的奖励办法，即凡完成当年经营承包利润的，超额部分按一定比例给员工分成。某信用社客户经理在催收一笔逾期多年的赖债户贷款时，借款户玩起了猫捉老鼠游戏，任凭他怎么找，借款户就是不见面，更不说还钱，这位客户经理便采用守株待兔方式，连续几天几夜守候在他家门口，终于等到了他，收回了贷款本息。客户经理为何如此执着？其原因是收回该户贷款本金，考核不良贷款“双降”会增分，就相当于增加了工资；同时，利息收入增加还会带来考核利润增加，既增分又有利润分成，工资收入还要骑“双头马”，哪有不积极工作的呢？强有力的监督考核和正向激励机制，使苍溪农信的经营效益连年处于全省农信系统领先水平，年年实现社社盈利，员工的工资收入也同步得到了有效增长。正是这样，苍溪农信经营承包责任制的成功经验，多次在全省农信系统和西南片区（云、贵、川三省）农村信用社工作会议上作经验交流发言。

省联社成立不久，苍溪农信及时将撰写的《正向激励的成功实践——苍溪县农村信用社劳动分配机制探析》的调查报告提交到省联社，以大量事实和数据对比分析，证明其做法的科学性、合理性与可行性。后来，这篇调研文章还被四川银监局《调查与分析》刊载。苍溪农信推行的经营承包责任制的积极影响，由此可见一斑。

2006 年 9 月，四川银监局《调查与分析》第 72 期刊载的“广元市苍溪农村信用社薪酬制度改革探析”一文的内容摘要如下：

按经营效益保持员工收入的适度增长 + 科学合理的承包 + 严格的工效挂钩 + 严厉的违规经济责任追究，形成了权、责、利紧密结合的有效正向经济激励机制。员工收入分配在确保费用率不超、利润持续增长的前提下，始终坚持“多劳多得，按绩取酬”的原则，员工收入的增加也始终低于效益增长的幅度，而对于亏损和效益较差的信用社实行“亏社必亏人”。具体细化为员工收入构成部分：工资、津补贴和福利费；法定节假日加班和日常加点的超额出勤工资；积极履行信用社所承担的社会职能，为当地经济社会发展做出显著贡献后，依据省、市、县三级党委、政府和有关部门的奖励政策给予的奖励工资；按年度经营效益提取的效益工资。这四项纳入对信用社集体和员工个人承包指标进行综合考核，合理确定每位职工的收入高低。2003～2005 年，全县信用社税前利润分别比上年增长 25.8%、50.3%、37.7%，员工工资所得比上年增长 20.2%、12%、20.2%，员工个人收入增长比例低于集体效益增长比例 5.6 个、38.3 个、17.5 个百分点，符合“企业得大头、个人得小头”的集体经济分配原则。

成效显著，效益明显。三年净增存款 4.62 亿元，净增贷款 2 亿元，农村信用社存款占全县存款市场份额的 40%，贷款占全县贷款市场份额的 50%。截至 2005 年末，全县不良贷款余额净下降 7 140 万元，资本利润率从 2002 年的 7.5% 提高到 2005 年的 12.7%，人均创利 3.2 万元。

因此，从某种意义上讲，敢为天下先的苍溪农信人，沐浴改革开放的阳光，敢于担当农村金融第一个“蹚水过河”的人，企业和员工个人尝到改革的“甜头”。自 1984 年探索推行“经营承包责任制”以来，在实践中不断自我丰富和完善，从而逐渐成为苍溪农信“目标、经营、监管”的制胜法宝。

在采访中，笔者有幸拜见了苍溪农信上两届老“三长”（理事长、主任、监事长），他们侃侃而谈，毫不保留地道出了治社秘籍。

冯泽鹏，1952 年 5 月出生，65 岁。1969 年 12 月当兵入伍，1975 年 3 月退役。1975 年 9 月至 1977 年 7 月在南充师范学院中文专业读书。1977 年 12 月在河地信用社工作，1980 年 1 月在农行苍溪县支行信用合作股担任会计辅导员，1982 年起先后在县农行人事股、办公室工作，1983 年 12 月任县农行办公室主任，1989 年 1 月任县农行副行长，1996 年 10 月任县联社党组书记、主任，2001 年 3 月任县联社党委书记、理事长，2002 年 8 月任广元市农村信用社行业管理办公室副主任，2004 年 1 月任广元市农村信用社行业管理办公室主任。2006 年 3 月至 2009 年 12 月，任苍溪县联社调研员，2012 年 5 月退休。

干事业，首先靠人，所以我坚持把管好干部、带好队伍作为头等大事，注重抓思想政治教育，抓业务技能培训。基层信用社当时营业办公和生活条件很差，我们要修房子，改善营业办公条件，改善服务环境，塑造一个好的形象，也要给职工建周转房，办起伙食团，解决职工的生活食宿问题，他们才会安心扎根在基层工作。当然，还有一条，就是要持续增加员工收入，能够以较好的经济待遇留人，使每位干部员工真正以社为家，全力干好农信事业。实践证明，那时我们班子的思路和做法是正确的。

田大兴，1955 年 10 月出生，62 岁。1977 年参加工作，先后担任出纳、会计，1984 年担任城郊信用社主任，1992 年担任苍溪联社营业部主任，1998 年 3 月担任苍溪联社副监事长，2000 年 1 月担任旺苍联社副主任，2001 年 3 月担任苍溪联社监事长，2002 年 9 月至 2010 年 10 月担任苍溪联社党委书记、理事长，2010 年

11 月担任苍溪联社调研员，2015 年 10 月退休。

苍溪农信的发展壮大，得益于党和国家的改革开放，解放了生产力；得益于各级党委、政府和各个部门支持；得益于 80 万老区人民鱼水情谊。这无疑是事业兴旺的源泉。

1981 年秋天，国家全面落实农村联产承包责任制，1982 年春，中央一号文件出台，政策进一步放开，信用社不再仅仅支持农业生产，开始融汇新的商品经济，恰似解冻的春水唱着欢歌，全县信用社贷款总额直线攀升。中央对农村工作连续几年出台一号文件，国务院也出台改革开放文件，实行“对外采取经济开放，对内要把经济搞活”的方针，大力发展工、农、商，进一步解放思想，以放贷款给个人做生意带动各个行业。1992 年邓小平南巡讲话后，全国各地乡镇企业蓬勃发展，苍溪也不例外，每个乡都办有企业，尤其县办的丝厂、麻纺厂、罐头厂、冻兔厂，这些企业应对市场能力较弱，大多“昙花一现”后倒闭，因此给信用社留下了总额达 3 000 万元的不良贷款“包袱”，直到 2005 年国家实施金融改革时才得以解决和消化。

县联社从二十世纪八十年代后期开始，紧紧围绕县委、县政府“调整农业结构，发展庭院经济”方略，贷款向“支农”和“支商”倾斜，信用社业务发展迅猛，全县每户因地制宜栽有 100 株以上的果树，养猪、兔、鸡、鸭，苍溪雪梨、红心猕猴桃、生猪、长毛兔为代表的特色产业凸显。在 1992 年至 1994 年省农行提出“百、千、万”工程的实施中，苍溪在全省榜上有名，农行省分行行长韩中淇到苍溪参观镇水信用社扶持的“桑海”，全县有 5 个乡镇信用社被农行省分行评为“百、千、万”工程先进单位。

那些年，全县 72 个信用社（包括信用分社），县联社领导每年至少两次深入基层检查每个社，发现问题立即提出整改意见。后来，我走上县联社领导岗位也是这样，在妻子生病的数十年间，我既当爹又当妈，从点滴做起，为信用社的事业尽责履职，用自己默默奉献的行动塑造妻子眼中的好丈夫、孩子眼中的好父亲、职工眼中的好干部……

自始至终不忘信用社姓“农”，那是我们企业的根，老百姓是我们的“衣食父母”。2004 年春节，原县委书记邹瑾因穿洞子到县城的加宽公路资金困难来县联社现场办公。因建修公路的民工领不到工钱回家过年，聚众堵在县委、县政府门口，县领导感到极为棘手。经过商议，县联社给县交通局紧急贷款 150 万元，在腊月二十八日下午三点发到了民工手中……

张文林，1947 年 1 月出生，70 岁。1966 年高中毕业。1971 年参加工作，1973 年加入中国共产党，曾担任五里公社广播员、办公室主任；1978 年转入金融部门工作，先后担任五里信用社主任、营业所稽核员、农行办公室综合员；1987 年 4 月任县联社副主任，2002 年起任县联社主任，2006 年 1 月退休。曾任四川省金融学会理事，县政协第五届、第六届委员，1995 年被农总行授予高级经济师，2004 年被苍溪县人民政府授予“劳动模范”。

我从 1987 年走上领导岗位整整干了 20 年，在这 20 年间，先后与陈仕全（农行行长、联社主任）、任守华（联社副主任、信合股长，后任农行副行长、行长）、冯泽鹏（曾任农行副行长，行社脱钩后任联社主任，后任理事长）、田大兴（曾任监事长，后任理事长）等一起共事。为把苍溪农信事业干好，我认真履行职责，与班子成员一道探索、研究，并在实际工作中践行了五大举措：

一是在谋划发展上勇于探索创新。不论是内部管理还是外部业务，做到与时俱进、超前思维、大胆探索，从实际出发，找出一套有利于发展的措施、办法、机制和目标，绝不因循守旧，举步不前。

二是在执纪管理上求真务实。执行各项政策、制度、法律、法规敢于较真，工作作风踏实，完成各项任务指标不打折扣，经得起各级各部门的检验。

三是在业务技能上永无止境。持之以恒地学习新知识与技能，不当“甩手掌柜”，做名副其实的全能领导者。

四是在职业操守上高风亮节。始终以高尚的人格魅力感召广大员工。

五是在人本管理上关爱员工。运用正向激励之策调动员工积极性，多为员工找增收门路，把员工的衣食住行、子女、家庭牢牢挂在心中，达到信用社搞活、员工福利待遇提高的效果。

罗统奎，1958 年 6 月出生，59 岁。1977 年参加工作，曾在双田、东溪信用社担任会计、出纳，在东溪信用社担任主任，1986 年借用市农行工作一年，后到县联社合作股担任稽核员，行社脱钩后任稽核科长，2003 年担任县联社监事长，2011 年任县联社调研员，2014 年内退。

1983 年、1984 年市场复苏之初，因为有《经济合同法》作后盾，社会经济秩序得以健康发展。1988 年 11 月，我代理了东溪信用社起诉借款户黎某（失去贷款偿还能力）的担保单位东溪粮站不履行担保责任一案。我根据大量事实、运用相关法律依据，经过法庭辩论，赢得了诉讼，最终由东溪粮站代偿黎某贷款 3.6 万元，成为全省第一例通过法律手段收回的贷款。农行省分行《四川农村金融简报》1988 年第 42 期以“依法清收贷款，搞活沉淀资金”为题，全文转发全省各地、市、州，并在《四川日报》刊载。与此同时，全县信用社干部职工经营观念发生了改变，核算意识增强，单纯的监管上升到效益与稽核的融合。

二十世纪八十年代中期，县联社属于两级法人制，营业网点多，联社结合“权、责、利”率先推行“经营承包责任制”，年初签订目标责任书，核心内容包括存贷净增、“双呆”（呆滞贷款、呆账贷款）清收、收入和利润几个硬指标，超任务分成，其中贷款风险与职工工资、福利挂钩，有效地提高了职工的积极性，业务迅猛发展，渐渐成为行业的排头兵。从1992年开始，凡出现呆滞或收不回来的贷款，均按一定比例扣收责任人风险保证金或要求责任人赔偿，内部管控逐步成熟。

……

3/ 弹奏颤音的策略

二十世纪末，或许是多事之秋。

信用社与农行脱钩之前，正面临农村合作基金会和供销合作社大量向社会吸收股金之时。两机构属非金融机构，吸收资金的利率不受人民银行监管，“非法”吸存利率大大高于正规金融机构吸存利率，从而导致存款搬家，资金分流严重，信用社承受前所未有的压力。当时，全县按行政乡（镇）设立农村合作基金会69个，业务范围是既吸收存款，又发放贷款。供销社吸收股金用于其商品经营活动，全县以区供销社为单位设立股金会，各乡（镇）

供销社设立股金代办点。由于不计成本地盲目扩张，加之经营不善，导致两机构不能按期兑付老百姓存款和股金，从而引发社会风波。

1999 年，在国务院政策干预下，全县合作基金会予以清盘关闭，其所经营的存、贷款，政府部门期盼农村信用社全额接收。经县联社参与各基金会清产核资，全县 69 个基金会中，仅有 3 个基金会有净资产 12 万元。这犹如“烫手的山芋”，摆在县联社决策层面前，接还是不接？

县联社在摸清各基金会的经营情况后，以不损害信用社利益为前提，经多次反复与县及各乡（镇）人民政府协商，最终选择性地接收了 10 个资产质量较好的合作基金会，共接收资产 1 105 万元，其中贷款 733 万元，现金 372 万元，接收存款 978 万元，创造了广元市的范本。

一波未平，一波又起。

在当时的大环境下，大有全民办“金融”之势。政府部门以工商联为依托，于 1988 年 1 月组建了“苍溪县城市信用合作社”。短短 15 年时间，城市信用社因经营不善面临倒闭。2002 年 12 月，县联社接收了城市信用社，更名为嘉陵信用社，采取重新选聘负责人、调剂资金、鼓励其独家开办住房和汽车按揭贷款、支持其依法清收和保全原有债权等扶持性政策，使其 3 年走出了经营困境，步入了健康发展轨道。如今的苍溪农商银行嘉陵支行，以 3.8 亿元的存贷规模位居全行前列。

大江东去浪淘尽。

由此看来，从艰难困苦中成长起来的苍溪农信，其领导班子在面对重大问题时既有讲政治、顾大局的远见卓识，也有最大限度地维护企业自身利益的原则和坚守。这是苍溪农信作为一个地方性金融企业为何能够“稳操胜券”的真实根源所在。

时任苍溪联社党委书记、理事长冯泽鹏感慨地说：“从行社脱钩、接收合作基金会，到后来城市信用社归并，在两届班子的齐心努力下，在地方政府和人民银行的支持下，信用社都没有背上沉重的包袱，而是做到了轻装前进。这一点，说来简单，做起来可是非常不容易啊！”

4/ 打造“硬实力”

有句话说得好，不要问我在干什么？因为我正在路上。

从 1996 年起，苍溪农信分期分批地对陈旧的网点营业房屋进行了维修或新建。至 2015 年，新建营业用房 61 处，累计投资 17 238 万元。当时，由县联社自行安排“土专家”按地方材料和劳动力价格进行预算，剔除或扣减定额中不必要的取费项目及费率后，以公开招标或邀标竞价方式推进，为信用社节约了大量建设资金。与当时当地同等价格比较，信用社建修成本最低，建设质量最好，建设速度最快。信用社固定资产从“脱钩”时的 2 113 万元，增加到 2015 年末的 24 160 万元。在较短的时间内，全面改善了基层信用社的办公营业条件，树立了良好的外部形象，增强了业务发展和提升服务的“硬实力”。

1996 年 10 月，县联社购买原针织厂大楼作为办公楼。曾在白鹤信用社担任主任 32 年的董熙联，已经退休又被县联社“召回”，负责装修材料管理。他任劳任怨，天天吃住在工地，干了大半年，连水泥包装袋、装运纸箱、包装绳等，都一一收集起来，卖到废旧回收站，然后把1 000多元钱款交了公。县联社1997年9月迁址到红军路168号原针织厂办公后，领导执意把他挽留下来，请他当伙食团团长。从那以后，大家看到他每天起早摸黑，无论晴天雨天，严寒酷暑，都要亲自去市场买菜，精心安排当天的食谱，厉行节约，管理伙食团的账款和实物，为县联社节约了一笔可观的会议及接待费用。即使再苦再累，他也从无怨言，更没有额外向县联社伸手要求过个人待遇。这一干又是五年，直到他生病才真正退下来休养。

这是原苍溪信用联社工会办公室主任李永华的回忆：

1997年至2006年，我具体负责联社建修。1997年10月，联社领导叫我在两个月内办完10个社的测量、绘图和各大局批准建房的手续。殊不知，每一个社的建房手续要经过38个关口，盖38枚公章。我克服各个部门人不熟等诸多困难，凭着自己的韧劲“软缠硬磨”，非要把相关局长等出会议室并签了字才罢休，就这样，不到两个月就完成了批手续的任务，节约人力200多个、费用5万余元。

十余年中，我先后参与过37个信用社新建，20多个信用社的房屋维修。在联社领导班子按规定决策后，我始终坚持原则，做到五个“拒”字，即拒请吃、请喝、请打牌、请进娱乐场所和拒收礼金，严格工程预算，查找预算漏洞，严把招标价格关、购进材料和建筑质量关、严把施工基础和钢筋混凝土浇注关、竣工结算的审计关。有120次督促建筑商返工整改，确保给信用社交一幢幢合格、放心和优良的工程，通过“5·12”汶川大地震考验，新建、改建的近60处房屋，没有一处垮塌。按国家正规结算和实际支出，为信用社节约建修资金680余万元。

2003年11月，县委、县政府要打造红军渡武当山风景区，县联社规划要在武当山脚立一块长60米、高9米的广告牌，当时交给邮政广告公司制作。我的预算细到每颗铆钉，让广告商心服口服……

2000年，联社将原接收的位于解放路东段66号（现350号）的农机供应公司抵债资产简单改造后，作为办公楼使用。2003年1月，联社本部搬迁至此。同时，集资兴建了员工住宿楼，改写了本部员工无住房的历史。

2005年，苍溪县联社根据当时乡镇撤并情况，对全辖营业网点进行整合，撤并机构11个，年底机构总数78个。2006年组建统一法人时又撤并6个，年底机构总数72个，机构设置进一步合理。

内部管理“软实力”无疑是企业的魂，苍溪农信永不停歇的探索树立起了标杆和航灯。而贷款风险“把控”是任何一个金融企业都“伤脑筋”的问题，因此，它是金融企业的生命线，严控贷款风险考验金融决策者和管理层的眼力和能力。

县联社1998年制定了《苍溪县农村信用合作社联合社大额高风险贷款扣收风险保证金及损失贷款赔偿暂行规定》，明确了管理者的损失赔偿责任。同时，县联社还有一个“妙招”，就是对认定的风险贷款扣收风险保证金。因此，我们依然有必要将这个影响苍溪农信兴衰、成为全省农信系统贷款质量管理首创“紧箍咒”的具体细节呈现出来：

明确扣收风险保证金的范围：“从1993年1月1日起，凡发放单笔（户）1 000元（含）以上贷款签订了《管理收回责任书》，现有结欠额的，不论职工工作调动或相互划转与否，只要贷款出现高风险，都属扣收保证金的范围。未签责任书的，由各信用社主任清理，办事处主任、稽核员共同逐笔（户）认定，落实责任人，补签《管理收回责任书》，纳入扣收风险保证金范围。”

规定必须强制扣收风险保证金的贷款：“凡发放贷款时手续不合规、不合法，担保不足值、出现高风险或到期不能变现清偿贷款本息，又未采取切实可行保全或补救措施的，从贷款出现高风险或逾期的次月起，按规定扣收风险保证金。”

强调风险保证金扣收追索制，即：“风险保证金应按月扣收，但对扣收金额较大，当月内责任人无法全额兑现的，在留足责任人每月200元生活费后，其个人所得全部扣收风险保证金，未扣足的部分继续保留追索权，待其有个人收入时扣收。”

……

且行且思，包容与鞭笞同在，关键是一种姿态。“流水不腐，户枢不蠹。”脚踏实地一步一步做事很重要，但纯洁自身机体，增强免疫能力更为重要。

1997年至1999年，为及时理清和有效解决行社脱钩前信用社经营管理中存在的重大问题，规范经营秩序和管理行为，县联社在1996年开展陵江、龙山片区“整社”试点经验的基础上，持续组织展开了以“三清、三整、三落实、三提高”为内容的清理整顿工作。“三清”，即：清理资产、负债、所有者权益；清理财务收支；清理执行各项内控、内管制度。“三整”，即：整顿职工办社思想；整顿工作作风；整顿信贷、财务、行业纪律。“三落实”，即：落实各项工作管理责任；落实违规风险贷款扣收风险保证金比例和损失贷款赔偿额；落实兑现违规财务收支的退赔和处罚。“三提高”，即：提高职工的事业心、责任心；提高政策、法规和内控、内管水平；提高资产质量、经营效益和行业竞争能力。三年不间断的清理整顿，全县信用社累计退、赔、扣、罚款项达 90 余万元，对 15 名严重违规违纪人员给予了纪律处分。

5/ 活力 “小康示范村”

一直以来，中国农村的贫穷犹如贫瘠的土地一样折磨着父老乡亲。党和政府一直费尽心思为之不懈努力。1982 年至 1986 年，中共中央连续五年发布了以“三农”（农业、农村、农民）为主题的中央一号文件，对农村改革和农业发展作出了具体部署。2004 年至 2016 年，又连续十三年发布以“三农”为主题的中央一号文件，强调了“三农”问题在中国社会主义现代化建设时期“重中之重”的地位。

1979 年和 1984 年，邓小平两次阐述了“小康”问题。1991 年，国家有关部委研究提出了“小康”的十六项指标及标准。1997 年，党的十五大报告明确提出“建设小康社会”的历史新任务。2000 年，时任国务院总理朱镕基在江苏考察工作时，对农村信用社定位为：“农村金融的主力军和联系农民的最好的金融纽带”。自 1996 年行社脱钩以来，苍溪农信积极担负服务“三农”的历史使命，始终坚持扎根“三农”，深耕“三农”。1997 年初，创新推行了建设“小康示范村”的支农服务实践，用心用力在这片广袤土地上奏响致富奔小康的变奏曲。

1996年，苍溪县委、县政府按照实现农业"两个根本性转变"的要求和农村小康建设目标、结合农田水利基本建设，提出了庭院经济的"六个一"配套建设，即每户一个经济园、一口清洁卫生井、一口防旱地、一口沼气池、一个石板或水泥院坝、一条进出住户的硬化道路，促使全县庭院经济建设向更高层次发展。

在苍溪县委、县政府的主导下，全县各乡（镇）党委、政府与信用社选择确定一个行政村作为建设小康的示范点，并制定了逐年奔小康标准。凡经验收达到标准的，由乡、镇人民政府与信用社共同授牌并立碑。信用社派驻专人开展帮扶，在农户评级授信、项目规划、信贷投放、利率优惠、产品销售、结算服务、住房改造、基础设施建设等方面竭尽全力。

2002年，苍溪县有4个村被省政府命名为"小康村"。至2003年，在信用社的积极参与和有力支持下，苍溪县共建成达标小康示范村74个。信用社心系"三农"的满腔热忱，支农、惠农、强农的创造性举措，收到了看得见、摸得着的成效，受到了各级党委、政府的充分肯定和一致好评。2003年3月，县联社办公室曾以《真心帮扶创造的奇迹——运山镇小康示范村建设的调查与思考》为题，以点带面地对小康示范村建设工作进行了系统总结和采访报道，并在《四川信用合作通讯》《广元日报》刊载。

2002年9月，苍溪联社党委书记、理事长冯泽鹏调任广元市农村金融行业管理办公室副主任，后担任主任。2002年9月至2003年7月，苍溪联社新一届领导班子调整为：党委书记、理事长田大兴；党委副书记、主任张文林；监事长罗统奎；纪委书记牟光辉；副主任梁金虎、樊明星。

苍溪农信进一步牢树服务“三农”理念不动摇，夯实“三农”信贷投放，在贷款投向、投量上创造性地制定了“三个70%”的考核措施，监督各信用社严格执行，即：当年贷款投放户中，农户贷款要占到70%；当年贷款发放总额中，“三农”贷款要占到70%；贷款总余额中，“三农”贷款要占到70%。以“做小，做精，做散”为目标，切实增加对粮油和制种、雪梨和猕猴桃、生猪和毛兔、药材与苗木、农产品加工及销售等农业主导产业和特色农产品的信贷支持，持续发展壮大“庭院经济”，实现了社会效益和自身效益的双赢。

这是从2004年第8期《金融参考》杂志摘录的相关数据：

苍溪农村信用社2003年累计发放农户小额信用贷款3.9亿元，小额农贷净投放4 619万元。2004年1~5月，累计发放小额农贷1.94亿元。至此，苍溪农村信用社有12.6万户小额农贷户，占贷款总户的93.3%；小额信用贷款余额4.9亿元，占农村信用社贷款总额的69.9%。

2003年，投放直接用于农业生产的贷款达2.5亿元，占农业总投入的35.71%。农民除自筹资金外，生产投入缺口都可以从当地信用社取得小额农贷，单户信用贷款限额1万元~1.5万元，投放1.3亿元对农田水利基本建设、生态文明新村、扶贫新村及全县1万余户产业大户和900余户产业业主集约生产给予了信贷支持。

2003年，苍溪县国民生产总值19.12亿元，农民人均纯收入1 643元，增长8.9%。

2003年，县联社实现盈余664万元，盈余居全省第四位。

“输血健体”使苍溪发生了翻天覆地的变化，先后被授予全国庭院经济高产示范县、全国第四批粮油生产基地县、全国毛兔生产基地县、全国生猪生产百强大县、中华红心猕猴桃原产保护地、中国雪梨之乡，全省农田水利基本建设示范县、全省成片推进新农村建设示范县等。

1998 年 4 月，苍溪县联社被中国人民银行授予“全国农信系统支农先进集体”，并以《拓展五大工程，实现社农双赢》为题，做了大会经验交流。2001 年，苍溪县联社再次被中国人民银行授予“支农先进单位”。

时任国务院副总理温家宝、省委书记谢世杰、省长张中伟等领导，曾到苍溪六槐乡玉女村视察过小康村建设工作。时任四川省信用合作协会理事长尹祥戊、副理事长胥德勋、秘书长刘兴明等领导，都曾亲临苍溪联社调研指导，并到六槐乡玉女村、云峰镇狮岭村等地考察过支农服务工作和小康示范村建设情况。省信用合作协会财务会计部、信贷管理部还一直把苍溪联社作为基层联系点，每年派干部现场指导经营管理和支农服务工作。

……

经过十多年的不懈努力，庭院经济成为苍溪农村经济的重要支柱。全县 19.6 万农户中，有 80% 的农户庭院经济已具雏形，其中 50% 的户比较规范，15% 的户已经达到“六个一”标准，庭院经济收入大大超过了大田作物生产收入。农民人均纯收入的 60% 以上来自庭院经济。全县建成苍溪雪梨 35 万亩，中华红阳猕猴桃 10 万亩，蚕桑 12 万亩，柑桔和脆香甜 10 万亩，木本药材 5 万亩，形成了年产茧 10 万担、水果 10 万吨、出栏生猪 100 万头、存栏毛兔 150 万只，出栏家禽 1 000 万只的生产规模。以生猪为主的肉类总产量名列四川省各市县（区）第 1 位，猕猴桃种植面积为全省之最，水果总产量名列第 3 位，蚕茧、药材产量也在全省名列前茅。

“三农”发展带来了信用社的不断壮大。自“脱钩”至 2006 年底，全县信用社各项存款 12.37 亿元，较“脱钩”时增加 10.18 亿元，增长 5.6 倍；各项贷款 8.16 亿元，较“脱钩”时增加 6.15 亿元，增长 4.1 倍；总收入 1.04 亿元，较“脱钩”时增加 6 000 万元，增长 2.4 倍；净利润 563 万元，较“脱钩”时增加 448 万元，增长 4.9 倍。通过十年多的不懈努力，苍溪农信探索出了一条行稳致远的成功之路。

据有关资料记载：农村信用社属于天生弱质的“草根金融”，因历史原因严重“贫血缺钙”，省联社成立前的 2004 年底，全省 174 个县级信用社中，44 家严重亏损，高风险社 125 家，没有统一的规章制度、管理考核办法、文化理念、工资标准，更不说着装规范了。苍溪农信是全省为数不多赢利、风险控制较好的县级法人机构之一。

第四章　激荡的跨越

2005年6月28日，四川省农村信用社联合社（省联社）成立。

按照国发〔2003〕15号文件精神，省联社代表省政府从事对农村信用社的领导和管理，各地、市、州『农村信用社行业管理办公室』作为省联社的派驻机构更名为『四川省农村信用合作社联合社××办事处』，县级信用社由银监部门代管划归省联社管理。

时任省联社党委书记、理事长王华响亮提出：『勇于肩负助农致富历史使命，奋力开拓与农共舞伟大事业』。正是有了省联社『主心骨』作用，苍溪农信从『舒筋活骨』向『生命绿洲』迈进，跨越发展……

1/ 划时代的里程碑

跨入21世纪以来，经济全球化趋势日益明显、互联网的广泛运用、新技术新业态推陈出新，无不影响着神州大地的经济律动。对金融企业来说首当其冲，唯有“革新与改变”才能适应新时期快节奏的音律……

党的十六大提出全面建设小康社会的奋斗目标，《中共中央、国务院关于进一步加强金融监管，深化金融企业改革，促进金融业健康发展的若干意见》（中发〔2002〕5号）的精神，为进一步深化农村信用社改革，改善农村金融服务，促进农业发展、农民增收、农村全面建设小康社会指明了方向。2003年6月27日，按照《国务院关于印发深化农村信用社改革试点方案的通知》（国发〔2003〕15号）文件“明晰产权关系、强化约束机制、增强服务功能、国家适当支持、地方政府负责”的总要求，农村信用社管理体制和产权制度改革的步伐加快。时任国务院副总理黄菊指出：“农村信用社问题，也不再是单纯的金融问题，而是事关农业、农村、农民和国民经济全局的问题。”这样，真正把农村信用社办成由农民、农村工商户和各类经济组织入股，为农民、农业和农村经济发展服务的社区型地方金融机构。为此，在全国拉开了深化农村信用社改革的序幕。

2005年，省联社成立不久，加快了以县为单位的统一法人改革。苍溪农信被纳入首批改革试点联社。农村信用社改革纳入了苍溪各级党委、政府及相关部门的重要议事日程。由县政府牵头，成立了以常务副县长任组长的苍溪县深化农村信用社改革领导小组。2005 年 7 月，制定了《苍溪县农村信用社统一法人改革实施方案》。根据这一方案，苍溪信用联社首先规范股权结构，规范后股金总额为 2 985 万元。同时，争取政府和相关部门支持，化解不良贷款，三年累计清收不良贷款 25 873 万元。2005 年 5 月，在广元地区首批获人民银行核准发行专项中央银行票据 2 508 万元，用于置换部分不良贷款，消化原城市信用社并入时的历年亏损，并于 2006 年 10 月成功全额兑付本息。

2006 年 6 月，经四川恒正会计师事务所评估，在净资产分配中补提职工养老、医疗保险。2007 年 1 月，苍溪农信员工养老及相关附属保险整体移交县社会保障局，开创了全省农村信用社参加社会保险的范例。

2006 年 12 月 26 日，苍溪县农村信用合作联社召开了挂牌开业大会，成为全省第二家成功组建县级统一法人的机构。

改革后的“苍溪县农村信用合作联社”成为以县为单位统一核算的股份合作性质的独立法人机构，实行“统一法人、授权经营、分级核算、单独考核”的管理体制。与改革前的“苍溪县农村信用合作社联合社”相比，不仅仅是少了两个字的名称变化，而是从过去不规范的“大法人”管“小法人”的两级独立法人核算体制变为了一家独立法人，更符合农村市场经济发展对农村金融服务的更高需求，更好地发挥服务“三农”的主力军作用，也更有利于农村信用社在激烈的金融市场竞争中发挥其“拳头”效应而立于不败之地。

“统一法人”后的苍溪县农村信用合作联社设立了规范的社员

代表大会、理事会、监事会，“三会一层”运作更加规范。新一届领导班子调整为：党委书记、理事长田大兴；主任周荣强；纪委书记、监事长罗统奎；副主任梁金虎。与此同时，联社将原片区办事处进行合并，更名为管理组，数量由10个减少到6个。先后组织清理、修订和完善了涉及信贷、财务会计、劳动用工、安全保卫、稽核监管、科技、后勤保障7个方面的管理制度53个，为苍溪农村信用社规范化管理打下了基础。

毋庸讳言，一场变革迎来更多的机遇与挑战。

2/ 灾难面前的担当

苍山可以作证，嘉陵江可以作证。

突如其来的“5·12”汶川特大地震，使山川秀美的雪梨之乡——苍溪，瞬间变成了满目疮痍的重灾县。地震造成全县农村信用社房屋及财产损失3 648万元，辖内信用社员工4人重伤，11个网点需要重建，因地震新增不良贷款14 237万元。

5月12日：地震发生后，联社立即安排城区押运组将城内13个营业网点的库存现金转移到联社总库，同时通知各网点人员迅速转移到离网点较近的开阔地带。14时40分，联社在家领导一行到城内13个网点察看人员伤亡和疏散情况、房屋损毁状况，对已形成的营业及居住危房当即做出转移安排。16时30分，接到回水信用社房屋垮塌报告后，联社领导立即奔赴现场察看和做出相关安排，并按规定报告行业管理和监管部门。

5月13日：按照12日晚上的会议安排，联社以4个组分头开展工作，理事长为第一组，全面负责抗震救灾指挥、情况收集工作；主任、监事长、副主任分三个组，分三路深入全县信用社察看灾情，逐一安排抗灾自救工作，进一步落实余震期间灾害防范措施。

5月14日上午：联社召开机关全体人员会议，通报了全县信用社受灾情况，再次安排了近期的抗震救灾工作，落实了各部（室）的具体事务，要求各领导和各部（室）随时与挂联的片区管理组及信用社保持联系，督促、指导好各社恢复营业，为受灾群众尽快提供金融服务，保证救灾资金、财政直补款项等第一时间到达群众手中。当日，联社领导再次深入受灾严重的江北、白驿、白山、石马、白鹤5个信用社，进行重点排危，现场安排江北信用社转移到陵江信用社营业，白驿信用社临时租用场地营业，回水信用社迁址营业，其余2个社待排除隐患后再营业。

5月15日：在全县信用社干部员工的努力下，除江北、白驿、回水3个信用社因正在转移营业场所未恢复营业外，全县其余69个机构全部恢复营业。当日，联社领导深入县政府临时确定的抗震救灾帮扶镇永宁镇，与镇领导一道慰问受灾农户，组织村组干部帮助农户搭建帐篷。

5月16日：广元银监分局杨文海局长、王伟斌科长一行来苍溪视察金融系统受灾情况，慰问受灾干部员工。同时，省联社广元办事处纪委书记李大锦来苍溪视察信用社系统受灾情况，慰问受灾干部员工。

5月17日：联社主任周荣强带队到青川县联社慰问，给兄弟联社送去价值3万余元的救灾物资和慰问金3万元。

……

“一方有难，八方支援。”“5·12”汶川大地震后，全体员工先后两次捐款10余万元，党员交纳“特殊党费”近3万元。

危难之时显身手。苍溪农信人积极响应省联社党委统一部署，义不容辞地承担起支持灾后重建的重任。全县信用社211名农村信贷员，不畏酷暑严寒，顶风霜、冒雨雪，深入受灾村组，逐户调查灾情，测算农户建房资金需求，现场评级授信，并简化贷款流程，实行优惠政策，及时发放灾后农村永久性住房建设贷款。仅用一年半的时间，支持11 983户受灾农民盖起了坚固、漂亮、风貌统一的新房。2009年底，苍溪在全省率先、全市第一个全面完成农房重建任务。

农房重建担保贷款的发放对象为低保户、建卡贫困户、因灾返贫户、地质灾害滑坡户四种类型。这些农户均为弱势群体，成为各级党委、政府的“心头之痛”，建立农房重建担保基金是上级党委惠民政策的直接体现，作为银行机构落实好这一民生工程，既是苍溪农信义不容辞的义务，又是展示农村信用社负责任社会形象的良好机会。联社先后下发《关于认真做好困难户农房重建担保贷款发放工作的紧急通知》等5个可操作性文件，简化手续，放宽条件，积极发放好担保贷款。对财政部门提供花名册的贫困户，必须在5个工作日内发放完重建担保贷款，且每笔贷款办理时限不得超过当日。联社领导先后五次亲临漓江、三川和云峰等乡镇地质灾害搬迁户现场办公，解决疑难问题，使地质灾害户迅速获得了贷款支持。漓江社在联社主要领导的亲临指导下，仅一个月就发放地质灾害户重建贷款120户，金额达400多万元。

社会责任深处涌动的是对“三农”的满腔热血。罗统奎、梁金虎、李继尧、任中国、李德强、辛支雄、陶华、王中华、张泽学、杨国红、任子悦、何才祥、邓邦全、姚俊等被省联社广元办事处表彰为“先进个人”。

截至2010年末，累计发放灾后农房重建贷款14 121户、金额36 072万元，其中发放一般户农房重建贷款9 993户、金额25 705万元；发放受灾农户恢复生产经营贷款190户、金额294万元；发放灾民生活费垫资贷款62户、金额24万元；发放困难农户灾后农房重建担保贷款3 876户、金额10 049万元。

与此同时，投资588万元，完成了中土、亭子、鸳溪、浙水、雍河、彭店6个信用社的灾后恢复重建；投资406万元，完成了五里、王渡等24个信用社的维修加固。

大爱如同暖流，如同接力棒，一个又一个地传递下去，闪耀着人性的光辉。这是农信人感到满足和快乐的，借款人诚实守信的承诺掷地有声，那是对他们最大的回报。

35岁的马辉，家住元坝镇庆宪村3组。“5·12”大地震致使其房屋垮塌，属于灾后重建户。2008年10月29日，在元坝信用社贷款4万元，用于房屋重建。当年马辉家祸不单行，妻子在自家房屋后池塘洗衣服不慎掉进池塘淹死，肚中还怀有8个月小孩。马辉在大难面前并未气馁，他靠自己双手辛勤劳动，外出务工，履行承诺。2011年2月24日，他还清了贷款本息。

五龙镇大树村七组牟永红，属于特困户。“5·12”地震灾害后，房屋严重损毁，丈夫张克礼于2008年9月4日在五龙信用社贷款3.5万元，用于房屋重建。2009年4月21日，张克礼又在五龙信用社贷款1万元，用于装修房屋。张克礼于2009年因病医治无效死亡，牟永红及其女儿诚实守信，通过自己的辛勤劳动，按季结息，按时还本。

……

3/ 理念转变迸发的动能

2006 年 3 月 16 日，四川农信第一届社员大会第二次会议在资阳市隆重召开。省联社党委以“理想立社”为施政理念，拉响了改革起航的长笛。四川农信领头人王华满怀激情地作了《振奋精神　开拓创新　全面开创我省农村合作金融的新局面》的工作报告，阐述了“人是发展之本，理想是治企之纲”的金融之道，铸造团队精神、创新精神和亮剑精神，构建紧贴现实的利益驱动创新机制破解公平与效率的矛盾、造就一批为理想而奋斗的四川农信领军人物、打造现代企业文化锻造四川农信之魂“三个支点”。一石激起千层浪。省联社“责任、荣誉、国家”六字方略，给苍溪农信人注入了兴奋剂，一场“勇于肩负助农致富历史使命，奋力开拓与农共舞伟大事业”战役拉开了序幕！

四年时间，一千四百六十天。

这是漫长而短暂的瞬间，留下一段憧憬与奋斗的坚实轨迹，那是苍溪农信的建设者们深深刻进大地清晰可见的印痕，记录了“自身洗炼”与“自我超越”的征程，书写了现代合作金融迅速崛起的传奇。

早在 2003 年，苍溪农信按四级分类口径统计，不良贷款率高达 27.03%，全辖 89 个网点中，仅有 26 个网点安全达标。面对资产质量差、业务总量小、经营效益低、硬件设施弱、社会知名度不高、各项工作徘徊不前的现实状况，如何摆脱困境？深化改革，尽快解决长期存在的各类体制、机制性矛盾和问题，加快发展，自我超越成为唯一选择。尤其是2006年“统一法人”后，苍溪农信骨子里嵌入“改革发展”四个字，着力点和出发点凝聚在发展上，积极引导法人、自然人投资入股，提高投资股、法人股占比，健全内部议事规则和决策监督程序，建立理事会决策、经营班子执行、监事会监督的制衡机制。

增强资本实力，助推地方经济。苍溪农信明确提出“一年打基础，两年上台阶，三年大发展”的业务发展目标，并强调在发展中规范。2007年，各项存款突破14亿元大关，余额14.3亿元，不良贷款占比由2003年末的27.03%下降至2007年末的13%，连续十三年保持盈利，并从此突出重围、走出困境，初步打下了猛上台阶基础。在制定的2007~2010年发展规划中，苍溪农信提出“资产规模、业务总量、盈利能力再上新台阶，基本达到组建农村商业银行标准”的奋斗目标。这四年中，以“班子队伍建设”“新机制运作”和“持续发展业务”为工作重点，坚持“立足农村、服务‘三农’；立足社区、服务中小企业；立足城乡、服务县域经济”的市场定位；强化大局、担当、责任“三种意识”，狠抓思维、品牌、制度、服务、营销“五创新”，在打造支付清算、成本管控、信贷管理、不良贷款、稽核监察、人力资源、科技支撑和安全保障“八大管理系统”上下功夫。

将激励机制建设作为体制改革之后的又一重要举措。试行了联社机关部室绩效评价机制，合理放权、授权，实行信用社二次绩效分配，做到薪酬分配向一线员工倾斜、向业绩突出者倾斜，提高员工劳动待遇，充分调动了员工的主观能动性。

多措并举化解风险，压降不良贷款。2010 年末，贷款损失准备充足率由2003 年的49.6% 上升至109.95%，按五级分类口径计算，资本充足率达到7.38%。

在巩固和拓展传统产品的基础上，推广农户小额信用贷款、农户联保贷款，“企业 + 农户 + 农信社”方式的订单农业贷款，有效支持农户、农业产业化龙头企业、农业基地的发展。

充分发挥“小额农贷”品牌效应，大力开展“信用工程”创建活动，着力解决广大农户“贷款难”问题，把农信社打造成为“农民自己的银行”。截至2010 年末，贷款余额达到16.4 亿元，其中涉农贷款余额12 亿元。2003 年至2010 年累计发放各项贷款89 亿元，其中累计发放涉农贷款76 亿元，占各项贷款的85.4%。共创建4 个信用乡镇、144 个信用村、163 个信用组，评定信用农户近10 万户，占辖内总农户数的45.5%，累计发放农户小额信用贷款79 亿元。因此，苍溪“庭院经济”跃升为可持续的“生态庭院”。

千方百计筹措资金支持个体工商户和中小企业发展，及时提供一揽子配套服务，把信用社办成“社区银行”。先后为3 600 余户个体工商户提供贷款支持；建立银、政、企定期座谈会制度，先后支持了28 家企业，有力促进了中小企业稳健发展，为城市和农村剩余劳动力提供了就业市场，缓解了社会就业压力。

用实际行动诠释了企业的社会责任。共向社会捐款、捐物60 余万元。与此同时，还发放生源地助学贷款近700 万元，帮助156 名寒门学子圆了大学梦。

……

这如同又一场惊心动魄的战斗，始终铆足劲头冲锋在前！

坚持以服务社区居民、个体工商户、中小企业为重点的“四个服务”市场定位，着力把苍溪农信打造成“农民银行”“社区银行”和“中小企业银行”的特色零售银行。值得关注的是，除筑牢“三农”根基外，进一步抢占市场和先机，狠抓资金业务市场开拓，不断增强自身实力和服务县域经济能力……

截至 2010 年末，资产总额达到 55. 3 亿元，负债总额达到 53. 7 亿元，资产负债规模稳居全县金融机构首位和全市农信系统前列。各项存款余额达 32. 5 亿元，较 2006 年增加 20. 1 亿元，增长 1. 6 倍，人均存款提高到 702 万元。各项贷款余额达 16. 4 亿元，较 2006 年增加 8. 2 亿元，增长 2 倍，人均贷款提高到 373 万元。实现总收入 2. 6 亿元，净利润 3 905. 6 万元，各项财务指标均符合央行票据兑付后续监测要求……

一条条稳步攀升的曲线、一组组振奋人心的数据，真实地印证了苍溪农信“深化改革稳步推进、各项业务跨越发展、经营效益持续向好、风控能力显著增强、支农服务力度加大、职工待遇明显改善、内控体系逐步加强、社会地位明显提升，案件事故有效防控”的格局日臻成熟。

4 ⁄ 勇立潮头的“尖兵”

科学技术是第一生产力，是推动当代经济发展和社会进步的伟大革命力量。

“增强创新意识，营造创新环境，加快科技平台建设，发挥科技支撑作用，推动企业转型升级”，无疑是步入现代金融企业发展快车道的唯一选择。1996 年行社脱钩前，农村信用社对外汇兑结算依托于农业银行的联行清算系统。脱钩后，为解决汇兑结算问题，苍溪农信于 1997 年在全市率先建立了单机版的信用社计算机运行系统，结束了存贷业务手工操作的历史，后来数年间陆续开通县辖、省辖、人行大小额支付系统等业务，培养了一大批熟悉计算机专业技能、长于实际操作的业务骨干。省联社成立后，快速组建了计算机中心，以科技为支撑，专门研究解决单一联社无法解决的信用社结算和业务操作瓶颈问题。

2006 年 12 月，省联社正式开发上线了独立的 SC6000 综合业务系统，并通过对系统的不断完善和开发，陆续上线了 OA 办公系统、经营查询系统、贷款管理系统、农贷管理系统、不良贷款管理系统、报表系统、绩效考核系统、审计管理系统、管理会计系统等一整套现代信息科技管理系统平台。

2008 年 1 月，省联社发行了首张属于信用社自己的“蜀信”银联卡，之后，又快速推出了手机银行、电话银行、网上银行、家园卡、金卡和白金卡、旅游卡等功能产品，使信用社从此具有了与国家大银行同样功能的现代汇兑结算系统。由于方便了用户，增强了行业竞争力，对信用社的发展起到了极大的推动作用。四川农信集系统之力形成的强大科技支撑，使“科技是生产力”的理念得到了充分显现，更使苍溪农信的发展如虎添翼，带动了各项业务的成倍快速增长。

依托网络科技平台，苍溪农信的业务创新也始终走在全省农信系统前列。2001 年 10 月，苍溪农信加入全国银行间同业拆借市场，成为广元地区首家获批加入的法人机构。2004 年 9 月，苍溪农信成为全国债券市场交易成员单位。全国银行间货币市场和债券市场交易平台，为苍溪农信闲置资金找到了“生财”出路，加快了苍溪农信资产经营多元化步伐。这意味着苍溪农信正式踏入国内二级资本市场，企业的发展百尺竿头更进一步。

统一法人后，在时任联社主任周荣强的极力倡导和推动下，苍溪农信先后派出多批次人员赴北京、上海、成都等地学习债券交易经验，迅速扩大了本币市场业务交易量和盈利水平。本币市场业务交易稳居全国交易成员单位前 100 位，本币市场业务收入占经营总收入的比例提高至 44% 左右。

2007 年，苍溪农信还通过制定专项营销代理方案，从政府公开招标的数家银行机构中脱颖而出，成为全省农信系统首家代理农村社会保险费收付业务的法人机构，并花费近 50 万元，商请省联社计算机中心研发出新农保业务专用系统软件并在全省推广，极大地拓展了农村业务市场，促进了存款和中间业务快速增长。

“日出江花红胜火，春来江水绿如蓝。”这是唐朝诗人白居易的诗句。此时此刻，想起来并引用在这里，是那么贴切与交相辉映。

“十一五”末的苍溪农信，已经成为营业网点遍布城乡、服务功能日臻完善、资金实力不断壮大的农村合作金融机构，当之无愧地成为全市县级联社的领头雁。是那无数个熬过来白天黑夜的身影，是那留在大地奔走的足迹，不辍探索铸就了倾情投入的壮美画卷！

长期以来，苍溪农信人注重改善服务环境，提升企业形象，尤其是 2007 年至 2010 年在硬件建设的投入方面力度加大，效果明显：

加快网点改造。共投入4 000多万元用于基础设施建设，进一步夯实了根基，增强了网点的安全性，农村信用社面貌焕然一新。

推进电子化建设。联社综合业务系统全面上线运行，统一更换了全辖所有网点的PC终端和UPS电源，布放了POS机和ATM机，成功加入农信银，实现了全国通存通兑，为业务的可持续发展提供了强有力的科技支撑。

优化服务环境。在城区的嘉陵、广场等营业网点分别装置LED门楣显示屏，设置客户等候区，添置便民服务设施，柜台秩序得以规范，服务效率明显提高。搭建了联社办公内网，实现了无纸化办公，降低了运行成本，有效提高了内部运行效率。

强化安保建设。全辖营业网点实现了远程实时监控和“110”报警系统联网，安全达标网点由原来的26个增加到72个，达标率从2003年末的29.2%提升到100%，有效防止和遏制了各类案件及重大安全责任事故的发生，年年实现“零案件”和“零事故”目标。

……

不仅如此，企业文化“内外兼修打造高效团队”，内控体系日益完善，先后构建了加强教育、管理、监督“三位一体”的操作风险防范机制，将案件专项治理与业务同安排、同部署、同考核、同奖惩，圆满完成了“三年大见成效”的目标。“开展一项业务，配套一项制度，设计一项流程”，使各项制度能全面制约各类决策程序、各项业务流程、各级管理人员和每个员工，明确各岗位“应该做什么，不能做什么”。先后研究制定了100多项内部管理规章制度，涵盖综合管理、人力资源、财务核算、信贷操作、科技信息、稽核审计、安全保卫、风险管理九大方面，基本覆盖所有风险点，初步建立了“事前有防范、事中有控制、事后有监督”的内部控制体系；提出了“谋思路、创环境、强服务、重调研、建机制、勤协调”的联社机关履职新定位，先后制定出台限时服务、督查督办和信访首问负责“三项”制度，对基层社反映的问题、请求事项限时答复、限时办理。

劳动用工机制化。先后推行四项人事制度改革，即：全员劳动合同制、基层班子年度考核制、网点负责人任期目标责任制、中层干部竞聘上岗制，确立了“能者上、平者让、庸者下”的用人机制，逐步形成了人心思上、人心思进、心齐劲足的良好工作氛围。

风险管理全面化。认真贯彻银监会防范化解“六大风险”的要求，不断完善信贷、财务、风险、科技、安全和综合管理等方面的制度设计，努力实现由过去单一注重操作风险向信用风险、市场风险、法律风险、道德风险、政策风险和决策风险在内的全面风险管理转变。

业务操作规范化。实施业务格式化操作，落实监督检查，使广大员工合规经营、照章操作意识不断增强，经营管理步入制度化、规范化轨道。

教育培训常态化。以员工素质提高为突破口，采取以会代训、走出去、请进来、内外结合等方式，大力开展各类业务培训。共培训员工3 904人次，中层干部的管理能力不断增强，员工业务技能和服务水平明显提高。2010年末，全社员工大学以上学历88人，占员工总数的22%；大专学历168人，占38.2%。共招录了78名大学毕业生，队伍的不断壮大和素质的不断提高，为增强企业核心竞争力奠定了坚实基础。

……

新台阶、新水平，新突破、新发展，已经根深蒂固地注入苍溪农信人的灵魂。这一切，源于苍溪农信人观念理念求新不止，源于凝心聚力、拼搏奋进的优秀团队。这，便是苍溪农信为什么在短短四年迅速崛起的根本原因！

5/ 光耀 “生态庭院”

苍溪是中国“庭院经济”的摇篮，也是贫困山区农民脱贫致富奔小康的成功范例。从二十世纪八十年代初到“十一五”期间，苍溪“庭院经济”经历了“萌芽探索、大力发展、规范化、配套提高”四个阶段。新世纪以来，县委、县政府着力打造集增收富民、休闲观光、生态环保等功能于一体的现代田园模式的生态庭院经济，这无疑是苍溪庭院经济的升华版。

适时而为，顺势而动。一直以来，苍溪农信牢固树立为农业、农村、农民服务的经营思想，不断改进和加强支农服务，以帮扶全县生态庭院经济建设为突破口，加大信贷资金投入，推动农业产业化，走出了一条可歌可泣的阳光大道。

继续严控“三个 70%”，定位小额农贷。在工业经济不发达的条件下，如何定位经营思路是农村信用社生存与发展的关键。严格落实发放“三农”贷款比重、“三农”借款户、“三农”贷款余额均不低于 70%。实施宏观约束，将这一指标纳入各信用社年度工作质量承包和考核。

推广小额农贷，户户建档发证。为有效解决农村信用社面广、额小、人少、工作量大的矛盾，使农民借得开心，信用社贷得放心，联社指导信用社分村、组逐户建立小额信用贷款档案，核定最高信用贷款限额，发给“农户信用贷款证”。广大农民可随时到信用社申请办理信用贷款，手续简单，对象准确，多方受益。建立农户小额信用贷款档案20万户，占总农户的80.1%；发放“农户信用贷款证”16万户，占总农户的64%；年均放贷8亿元，“三农”贷款余额11.93亿元，占贷款总额的72.89%。既满足了农户生产生活急需，支持了经济发展，又弱化了贷款风险，拓展了信用社业务。

创建信用工程，夯实信用基础。信用社坚持把小额农贷与建设信用村镇相结合，以信贷支持促信用建设，引导农民诚实守信，加快小康步伐。建成“信用乡镇”10个，建成“信用村”196个，评定“信用农户”8万多户，对“信用村”和“信用农户”实行贷款优先、授信优先、利率优惠，让农民得到实惠。

推进综合开发，建设生态庭园。庭园经济适应贫困山区特点，生态效益和经济效益十分明显。其核心内容是“六个一”+“三配套”。“六个一”，即：建成一个生态经济园，一口沼气池，一个防旱池，一眼卫生井，一条进出硬化路，一套生态农居。“三配套”，即：园圈气生态循环建设配套，退改调生态环境建设配套，生态庭院经济与生态文化建设配套。农村信用社积极提供信贷支持，从三个方面推进生态庭院深度综合开发，实施无公害生产。

提高科技含量，优化畜禽品种。信用社先后投放贷款3亿多元，对22个畜牧基地、8万养殖农户进行资金扶持，引进沪、浙“三系”

毛兔良种，发展养兔357万只；发展优质牧草3万亩；推广生猪“三元”杂交，年出栏生猪95万头；规模养殖小家禽867万只；推广种草养畜、粮食转化养畜和秸杆处理养畜，提高畜牧科技含量。

调优种植结构，创立“绿色”品牌。以培育农业“拳头”产品为导向，运用信贷杠杆引导庭院种植结构调整，扩大川明参、苗木、蚕桑、药材等高产值经济作物种植面积，改良猕猴桃、桔柚、雪梨品种，引进培育了海沃特、红心果、脆香甜柚、碰柑、1－28和6－2雪梨、金花梨等一批名优品牌，成为享誉全国的雪梨、猕猴桃生产基地和苗木、药材交易市场。2010年优质水果产量达12.5万吨，罐藏原料3 400吨，种植中药材5.3万亩，蚕茧产量1 066吨。东溪镇康寨村农民户均贷款15 000元，培育种植适宜当地气候的猕猴桃红心果，年产鲜果800吨，农民户均增收4 500元。

实施“户办工程”，规范生态庭园。在信用社资金扶持下，农民按照“六个一”标准，把庭院当作产业来办。80%的户建有微型水池和卫生井，解决了人畜饮水和庭院灌溉用水，并不断推广喷灌、滴灌等节水农业技术；90%以上的农户建有沼气，用上了洁净的能源，沼渣用作庭院有机肥；100%的农户建有高效经济园。小小庭院成为一个个小型生态循环系统，实现了水、肥、土综合利用，改善了农民生产生活条件，产生了巨大经济效益，又很好保护了生态环境。全县建成生态经济园12万亩；改扩建标准农居9.7万套，建沼气池11万口，硬化便民路6 500公里，占总农户的60%；累计建设防旱池5.2万口，卫生井14万眼，村组集中供水站110处，90%的农户用上了放心水。“六个一”达标农户占5成左右，生态庭院收入占农民人均纯收入的60%以上。

开展联挂帮扶，共建“示范新村”。县联社在全县范围内选择农户致富劲头高、有持续发展潜力的78个村，开展共建“示范新村”活动。通过制定为期五年的生态庭院帮扶规划，签订帮扶协议，落实帮扶人员，发放帮扶资金，年均投放专项优惠贷款5 000万元，实行“一村一业，户户立项，家家增收”的对口帮扶，产生了良好的社会反响和一定的经济辐射力，人均年收入比当地平均水平高出50%以上。累计投放贷款12.5亿元，用于示范新村农户住房统一规划改造，受益农户达6.1万户，示范新村70%的农民住上了小洋楼；平整硬化村级道路110公里；对农用电网进行改造，使农民用上了“放心电”；村村户户开通了有线电视，60%的农民建有图书和休闲娱乐室，大大改善了通讯和文化生活条件。六槐信用社对帮扶的示范新村凤凰村、玉女村投放贷款500多万元，帮助900多农户改造住房、规划落实庭院增收项目，并率先在全县实现了农电、沼气、自来水、道路硬化、有线电视、程控电话和国际互联网“七通”。在示范新村带动下，全县掀起了庭院经济建设热潮，信用社及时给予信贷支持，助推100%的乡镇、村通电视光纤，村通电话率达100%，18个乡镇、187个村全面实现沼气化。

打通快速通道，搞活农产品流通。由于交通、通讯、信息产业相对滞后，农产品流通一直是制约全县农民增收的大问题。苍溪县委、县政府提出了“办交通、兴市场，活流通”的促销战略。农村信用社大力支持农、工、贸一体化，促进庭院经济资源商品化、产业化。

以对口帮扶为契机，支持工贸企业发展。信用社及时提供信贷支持，先后投放贷款8 000万元，帮助启动、发展了丝织、食品饮料加工、集贸市场等一批工贸企业，支持业主开发，昂起农产品加工增值“龙头”，形成了“公司+农户”“市场+农户”和“公司+业主+农户”的产业化格局，为丰富的庭院产品寻求了一条可靠的加工、销售、增值渠道。

推行促销活动，搞活农产品流通。信用社帮助规范、改造一个农产品流通专业市场，帮助捕捉一条产、供、销信息，联系10户专业流通大户并解决好收购、运销资金和销售结算服务，信用社员工联系100户农民并帮助解决农产品销售困难。双田信用社支持兔毛运销，与全乡300多名专（兼）职流通人员建立联系档案，每年投放贷款1 500多万元参与促销，年成交额达6 000多万元，促进了农民增收。龙山信用社支持辖内农户组成“农业合作协会”，实行联合交易和网络交易，每年投放流通贷款2 000多万元，建立了川北最大的药材和苗木交易市场，年交易额达2亿元以上，解决了农民的“卖难”问题。在信用社资金扶持下，全县建立各类专业生产合作组织80多个，常年从事、参与农产品流通的农民经纪人达10多万人，农产品商品转化率达80%以上，远销省内外。

生态庭院经济为苍溪农民铺筑了致富奔小康的七彩路，在全县农业发展中占据了举足轻重的地位。同样，农村信用社也在庭院经济建设中实现“双赢”，密切了与农民之间的鱼水关系，培植了稳定的储源；拓宽搞活了信贷业务，实现了贷款放得准、周转快、风险低、增值高；持续增强了经济实力，年均增加积累2 000万元，所有者权益总额达1亿多元，90%的网点进行了新建和改建，社会地位和形象不断提高。

苍溪，这片红色的沃土上，农信人奏响了一曲悦耳动听的“富民兴社”壮歌！

第五章　壮美的和声

『十二五』时期，中国开启经济与社会的双重转型，以转变发展方式和调整经济结构为主线，实现了从外需向内需、从高碳向低碳、从强国向富民的转型。尽管从1953年第一个『五年计划』开始，中国已经编制出11个『五年计划』，但人们普遍认为，『十二五』规划期才是中国二次转型的开端期。

诚然，苍溪农信人再一次被推到改革发展的风口浪尖，他们将交出什么样的答卷呢？让我们拭目以待……

1/ 猛上台阶的奥秘

若问后市牛何在，为有源头活水来。在股市低迷的沉闷气氛中，投资者往往会在后市的潜力板块中逢低选择个股建仓，因为次新股板块有望成为拉动大盘走强的潜力板块。金融企业经营策略的“招数”远比股市博弈要“直接”和“惊险”，变革无疑是金融企业的命脉。事实上，统一法人属农村信用社改革的初始阶段，信用社改革的终极目标是：坚持“立足城乡、服务‘三农’、服务中小企业、服务县域经济”的市场定位，建立“决策、执行、监督相制衡，激励和约束相结合，以市场为导向，以客户为中心，以风险防范为基础，以加快发展为途径，以资本回报为目标”的现代金融企业。

自信是成功的基础，智慧是成功的保证，创新是成功的象征。时不我待，改革发展的号角催人不断向前行进。前进的道路上，任何一个时候，走在改革前面的人总要面临“拦路虎”，是退缩还是勇往直前？时时刻刻考验着每一个人，尤其是决策层的坚强意志与毅力……

2010 年 10 月至 2011 年 1 月，经省联社提名组建了苍溪农信统一法人后第二任领导班子。党委书记、理事长杨斌；主任董永礼；纪委书记、监事长梁金虎；副主任向宁、陈德勇。新班子确立的核心目标就是规划筹建农村商业银行，并向省联社专题呈报了请示文件。随后，省联社广元办事处特地安排苍溪农信赴宜宾长宁、翠屏农商行学习考察，组建农商银行的“种子”已经播下。在2011年初召开的全省农信系统工作会议上，省联社响亮提出“推进转型、加快发展、猛上台阶”的改革与发展任务，这无疑是四川农信快速发展重要的转折点。2011年春天，苍溪农信借鉴商业银行组织架构模式，对管理架构进行了初步调整，撤销原6个管理组，推行扁平化管理。首次推行干部竞聘和员工双向选择，用人理念从“相马”向“赛马”转变，124名竞聘者角逐15个中层干部和68个信用社主任职位。3月8日、9日两天时间，经过激烈竞争，一锤定音，业绩平庸的10名信用社主任不再聘用；327名员工成功竞争上岗，3名员工落聘，13名大学生员工充实到联社本部；为符合内部退养条件的21名员工办理了离岗退养手续。与此同时，全面推行打破网点“大锅饭”薪酬分配改革，实行业务指标量化、计价考核，对农村网点实行边远山区差别化补贴，为经营机制转换和加快战略转型做了有益的尝试。“双改”意义重大而深远，它使苍溪农信员工不仅认可改革举措并从中受益，更使大家从骨子里实现了“要我干”到“我要干”的观念大转变。苍溪农信以“双改”发酵能量，促队伍活力倍增，全员参与劳动用工和薪酬改革，转换经营机制，带来的是“六个提升”①、“六个增强”②、“三个改善”③，成为推动苍溪农信转型发展、猛上

---

① “六个提升”，即：联社党委团结领导能力提升；联社法人地位及经营管理能力提升；各部室和信用社贯彻联社决议决定、规章制度和经营意图执行力提升；各级干部敬业履职、忠诚度提升；全员爱岗敬业奉献度提升；全员深化改革、加快发展、向现代金融企业迈进的意识提升。

② “六个增强”，即：“能者上，庸者下，平者让”的用人机制初步形成，干部员工积极参与、勇于竞争的意识普遍增强；市场竞争和营销意识普遍增强；业绩和效益意识普遍增强；团结协作意识普遍增强；努力工作和快乐生活意识普遍增强；联社各条线管理能力普遍增强。

③ “三个改善”，即：工作责任、工作节奏意识明显改善；青年员工学习、工作奋发上进意识明显改善；案防意识、合规意识明显改善。

台阶的强大动力，从而大踏步迈上现代金融企业建设道路。

“以业绩论英雄，凭实绩选干部”的干部任用机制的推行，全面激发起了员工的工作活力和责任意识，为实现经营理念、经营机制、员工队伍、管理模式转型和各项业务快速发展奠定了坚实基础。此后，袁明政、刘斌、车国顺等一批敢想敢干的年轻干部走上管理岗位，为企业注入新的活力。苍溪农商银行业务发展部总经理袁明政谈及当年的改革，感触颇深：“如果按照过去论资排辈的话，像我这样工作才几年的大学生能够竞聘走上中层管理岗位，至少提前了十年……”

推行“双改”是痛苦的，也是艰难的。苍溪农信班子成员明白逆水行舟的重重困难，最终以共产党人的担当、农信人的执着与“接地气”切实可行的改革方案赢得绝大多数员工的支持。回过头来，或许我们用文字记录的话，只是轻描淡写的一笔。而在当时，却是沸沸扬扬，犹如一锅煮沸的开水，中国传统遗留下来的“官本位”思想总是不易改变，既定的利益格局始终难以打破。于是，处在潮头的杨斌、董永礼两位领导顶着重重压力推行改革。白天要接访息诉，苦口婆心地做工作，深夜还会接到匿名电话。那时候，主任董永礼不仅每晚要加班到十点左右，还要到县人民医院陪护病重的父亲。有好几次，他接到电话，对方就是不说话。在旁边的妻子急眼了，抢过手机哭着说：“别这样，有话就直说，他的父亲已活不了多久了……”董永礼依然沉着地拿过手机说：“你不要担心，等着看效果。”然后挂断了电话。

事实胜于雄辩。苍溪农信领导班子率先垂范，破解了一个又一个难题。推行扁平化管理和双向选择后，以杨斌理事长为首的班子成员与中后台部门负责人走出办公室，全线出击，全员营销，大打存贷款营销攻坚战。2011 年 3 月末，苍溪农信各项存款余额突破 40 亿元大关，达到 43.55 亿元，比年初净增 11.05 亿元，贷款投放、经营收入等指标显著提升。4 月 7 日，杨斌代表苍溪农信，作为唯一进行经验交流的县级法人机构，在全省农信系统一季度业务经营“开门红”视频会议上作了《开拓创新求突破，猛上台阶见成效》的精彩发言。数年过去，我见到这位省联社广元办事处副主任，他个性爽直，谈话直奔主题。当年杨斌在苍溪务实、果敢，雷厉风行，简直就是一个工作狂，颇有不干出一番事业决不罢休的雄心壮志。2011 年国庆期间，他因急性阑尾炎在广元四一〇医院做手术，人待在病房，心里却为工作上的事情发急，前后住院五天，实在等不及医生一个星期拆伤口药线，迫不及待地让妻子在妇产科找来绷带缠上出院了。曾在县联社办公室工作的袁明政对我说：“那时，还没通高速，走 212 线要三个多小时，有时杨斌理事长星期天回一趟家，星期一早上五点出发赶上准时上班，从未迟到过……”

2011 年 5 月，苍溪农信的 75 名干部员工参加全市农村信用社农户小额信用贷款业务系统上线培训。9 月，苍溪小额农贷系统成功上线，极大提升了小额农贷办贷效率和风控水平。

2011 年 6 月 24 日，在人民银行的关怀和帮助下，苍溪农信在河地乡地干村隆重举行了“惠农助农 EPOS 存取款业务”推广启动仪式。这标志着苍溪农信支付结算渠道进一步完善。自“惠农助农 EPOS 存取款业务”启动推广以来，苍溪农信投入大量资金推进 EPOS 布放。2012 年安装 EPOS 机具 738 台，全面覆盖全县 718 个村组、社区，实现村村有 EPOS 目标，由此荣获人民银行总行“改善农村支付服务环境建设先进集体”和人民银行成都分行

"迅通工程先进集体"称号。

2011年8月，由于苍溪农信出色的工作业绩，理事长杨斌被推举增补为省联社理事。2012年3月，杨斌调任省联社广元办事处党委副书记，挂职广元市元坝区（现昭化区）副区长一年。董永礼代理苍溪农信党委书记、理事长，主持全面工作。随后，苍溪农信领导班子调整为：党委书记、理事长董永礼；主任梁金虎；纪委书记、监事长陈德勇；副主任向宁。

花儿为什么这样红？笔者认为，是因为苍溪农信人敢为天下先的创新勇气和敢于肩扛价值观的责任情怀，以及对建设创新家园与价值地标的坚守！

2/ "农贷四包" 胜真金

"由于有所共鸣与传承，人类才不至于过分地迷失和绕圈子走老路，由于有所区别，人类才会有发展。"这是著名作家王蒙的深刻理解。

2011年11月5日，省联社在成都望江宾馆召开党委（扩大）会暨理监事会议。小组座谈会期间，时任苍溪农信理事长杨斌向省联社党委书记、理事长王华汇报工作，介绍了小额农贷支持农户发展种养业及庭院经济情况，尤其是实行了贷款发放损失包赔偿，有效防范了小额农贷风险的主要做法。

王华敏锐的思维神经被轻轻拨动了，全省农信社如何服务"三农"，实现"惠农兴村"，更好担负"与农共舞"的历史使命，同时又要解决好农贷风险大、不良高的问题，是他最为看重，也是思考最多的。他当即指示：“你们的做法很好，要坚持下去，也要对农贷经验认真总结、完善和提高，如果可行，就在全省推广。”

杨斌听后倍受鼓舞，立即打电话安排对原有的农贷管理经验进行全面总结，梳理完善农贷产品、营销管理、绩效考核、风险控制等系列制度，并进行了全面创新与提升，几易其稿，形成了新的《农户信用贷款营销管理办法》。其核心是完善赔偿责任制，有效规避小额农贷风险，降低不良率。

2011 年 12 月 31 日，对苍溪农信班子成员来说又是一个不眠之夜，为赶在新的一年到来之际实施《农户信用贷款营销管理办法》，群策群力，反复讨论、斟酌，于 2012 年 1 月 1 日凌晨三点定稿，并以“一号文件”正式组织实施，也称农贷“五包”。正是这个“一号文件”，支持专合经济，促进社农双赢。苍溪农信创新三大金融产品，即农村专业大户信用贷款、农村商户信用贷款、农户其他信用贷款。2012 年至 2013 年投放 2.6 万笔，金额 4.2 亿元，有效满足了现代农业和农业产业化融资需求。结合新型农业经营主体特点，积极创新改善金融服务，累计发放贷款 360 万元，培育农业专合组织 14 个，累计发放贷款 3 000 余万元，支持种养殖专业大户 976 户。

酒好不怕巷子深。2012 年 11 月 19 日，省联社党委书记、理事长王华专程赴苍溪调研农贷“五包”。苍溪农信党委书记、理事长董永礼做了详细汇报，王华充分肯定了苍溪的做法。2012 年 12 月至 2013 年 4 月，省联社组织专门工作组与苍溪农信领导班子和职能部门一道，现场总结、提炼和完善为“农贷四包责任制”经验。省联社副理事长王挺、副主任杨超专门组织审查汇报会，杨超还专程赴苍溪进行现场指导。2013 年 8 月，省联社出台《小额农户信用贷款“四包”责任制实施指引》，将苍溪农信推行 26 年的农贷管理经验在全省农信系统推广，有 11 个市州办事处和 60 多家县级联社到苍溪考察学习农贷“四包”。在 2014 年全省农信系统工作会上，苍溪农信荣获省联社“最佳金融创新”奖。

苍溪农信“包”字责任制自 1986 年起，经历了萌芽、发展、创新、提升四个阶段，成为一种持续创新发展的农贷管理模式，至 2012 年已历时 26 年。其核心是营销与管理并重、奖惩与业绩挂钩，重点是强化风险约束，关键在于奖惩逗硬，有效解决了农户贷款风险大、管理难度大、激励约束不充分和畏贷惜贷、违规放贷等问题。为此，2012 年 5 月 21 日《四川日报》“财经周刊”以《一年增加 3.8 亿元的信贷是怎么来的?》为题，对苍溪农信发放小额农贷、坚持承包经营责任制理念，按照“风险可控，权责对等，按绩计酬，奖惩分明，促进发展”的原则，实行“包发放、包管理、包收回、包奖惩”的“四包”责任制的核心内容进行了报道。

企业永葆青春的活力之源在于推陈出新。26 年，苍溪农信人矢志不渝，在实践中创造，在创造中完善，在完善中丰富，充分彰显了坚韧不拔的创新精神！正是这种精神，开创了苍溪农信发展转型的强劲势头。这些看似枯燥的数字，成为镌刻在丰碑上的永久记忆。

2011 年，苍溪农信各项存款余额 45.37 亿元，占全县金融机构存款总量的 34.51%，比年初净增 12.87 亿元，占全县存款净增额的 74.98%，完成省联社目标任务的 286.67%。存款总量位居全省农信系统第16位、全市县级联社和全县金融机构第1位。各类贷款余额突破20亿元大关，达到20.02亿元，占全县金融机构贷款总量的46.09%。

2012年，各项存款余额55.91亿元，比年初净增10.54亿元，完成省联社目标任务的105.38%。存款总量位居全省农信系统第18位、全市县级联社和全县金融机构第1位。各项贷款余额23.41亿元，比年初净增3.39亿元，完成省联社目标任务的100.99%，占县域市场份额的43.90%。

2013年，各项存款余额68.67亿元，比年初净增12.77亿元。各项贷款余额28.70亿元，比年初净增5.29亿元；各项监管指标全面达标并达到农商银行组建标准。年末经营目标考核得分122.60分，位居全市第二位；综合管理和综合目标考核位居全市第一位。

2014年，各项存款余额84.80亿元，比年初净增16.13亿元，完成省联社目标任务的127%；市场份额占全县金融机构的43.12%；总量位居全省农信系统第18位、全市农信系统和全县金融机构第1位。各项贷款余额35.60亿元，比年初净增6.90亿元，完成人行合意贷款规模的100%；市场份额占全县金融机构的43.87%；贷款规模位居全省农信系统第41位，全市农信系统和全县金融机构首位。

……

在川北大地的苍溪，农信人用铁肩扛起“三服务”的大旗，支撑起了一片新天地。美丽苍溪，幸福家园。这里天蓝水绿、百业兴旺、安居乐业、诚信友善、政通人和。人们不会忘记，因为农村信用社信贷支农力度大，巨额资金撬动了农村和农村经济发展。478 名员工辛勤工作在广袤的田野上，占全县银行从业人员的 63%，成为苍溪农村金融的主力军，助跑全县“三农”发展！

让我们从这些数字的变化中，“读”懂一个企业与社会经济转型“碰撞火花”后的璀璨：

2014 年存贷规模增长创历史新高：1 月 17 日，突破 100 亿元；3 月末，突破 110 亿元；12 月 15 日，突破 120 亿元。截至 2014 年末，全县信用社存款、贷款、效益在 2010 年末基础上均超额实现翻番。

累计发行蜀信卡 45 万张，占全县人口的 50.1%。

评级授信农户增至 14.63 万户，授信总额达 49.45 亿元。

全县信用社推动改革转型的发展基础充分夯实，建设一流零售银行的目标加速推进。

……

苍溪农信不但支农服务工作称得上全国闻名，全省农信系统之翘楚，而且在拓展城区业务、支持县域经济发展方面也可谓眼光独到，业绩斐然。2006 年 8 月，在成都龙泉驿召开的全省农村信用社城区业务现场会上，苍溪农信就作过《理性扩张增总量，创新经营促发展》的经验交流。

“赤橙黄绿青蓝紫，谁持彩练当空舞。”服务实体企业，助推县域经济发展。苍溪农信年均发放贷款 30 多亿元，支持农业特色产业、新型农业经营主体、农业产业化龙头企业，培育了鑫厦、建炬、华晖、红军渡建筑等 20 多家规模以上企业，积极推进城镇化和重点工程建设，有力助推了县域经济社会跨越发展。

苍溪县大通天然气投资有限公司是苍溪县委、县政府重点招商引资企业。刚入驻工业园区，苍溪农信领导亲自带队洽谈相关业务。刚开始，大通公司管理层认为农村信用社知名度不高、实力较弱、结算不方便，经过多次登门拜访，终于用诚意打动了企业，并第一时间向其发放项目贷款2 000万元，解决了企业的燃眉之急。不久，大通公司将基本结算帐户开立于营业部。省联社杨超副主任亲临大通公司实地调研，省联社短时间内下达了苍溪县大通天然气投资有限公司一期1号线项目贷款6 000万元的风险提示，成为苍溪农信第一笔上报省联社风险咨询的巨额贷款。

苍溪农信还发放贷款0.71亿元，支持武当、紫云工业园区3家中小企业，培育壮大了县域工业经济。为加快县城江南新区开发，苍溪农信（农商行）先后发放贷款1.9亿元，支持了广明国际、美好广场、钰桓江南、如意城、金雁地产等众多开发项目……

3／着力打造流程银行

激流勇进，不甘人后。流程银行是现代金融企业的标签，是金融机构发展转型，建设现代金融企业的内在要求。其实质凸显以发展战略为导向，以客户为中心，以风险管理为基础，以信息技术为支撑，持续优化与再造业务流程和管理流程，动态适应市场竞争和环境变化，实现持续稳健发展的一种现代银行经营管理模式。未来，精细化、标准化是金融企业发展的必由之路。

2012年4月，在省联社的指导下，苍溪农信抽调业务骨干，由联社副主任向宁牵头成立流程银行建设办公室，在全市农信系统率先启动流程银行建设。

2012 年 4 月下旬，在做好市场调研分析报告后，流程办全体成员飞赴南京，往返 10 天，在南京大学接受金融研究中心肖斌卿教授带领的项目团队面对面指导。白天，他们与项目团队沟通交流和座谈讨论，说问题，谈想法，提需求；晚上，加班完成肖教授布置的“家庭作业”，分头编写流程银行建设实施方案，然后传回本部，由理事长董永礼组织讨论和审核。一周时间，苍溪农信流程银行建设暨战略转型总体实施方案、组织架构设计方案和支持现代农业发展、专业人才培养两个专题方案出台，提交南大项目组和苍溪农信流程办共同讨论通过。肖斌卿教授特别高兴，还给流程办成员放了一天假，让大家真正放松了一回。

回到苍溪后，理事长董永礼组织本部人员再次集中学习讨论了方案，然后按条线分工开列流程、制度清单，对全部业务、管理流程和制度进行全面梳理完善。那段时间，苍溪农信本部几乎每晚灯火通明，周末也不例外。仅仅两个月时间，完成梳理各类流程 232 条，制度、办法 168 个，其中新增流程 43 条，新增制度、办法 43 个；废止流程 2 条，废止制度、办法 48 个。真正做到了“一业务一流程，一流程一手册，一操作一提示”，初步建立了“一图一书两表一库”（即：流程图、岗位说明书、风险点对照表、内外规对照表和风险案例库）为基础的流程体系，构建了一张全覆盖的系统风险防范网。

7 月 11 日，省联社组织 10 家县级法人机构在成都集中汇报审查流程银行建设实施方案。当日上午，苍溪农信的流程银行建设方案一举通过省联社和南大专家组评审。7 月 26 日，正式获得省联社审批通知。8 月，苍溪农信按照流程银行建设和战略转型需要，落实法人治理要求，完成新一轮组织架构调整，迅速完善岗位责任体系，微调中层干部和本部其他人员。董事会、监事会、高级管理层分别增设了专门委员会，制定了相关议事规则；按照“前中后台分离”“后台集中运营”“审贷分离”“扁平化和垂直条线化管理”“风险管理三道防线”等基本原则，职能清晰地设置了前中后台部门，准确地划分部门职责和工作岗位及职责。同时，由中后台各条线部门组织，通过视频会议系统，每天晚上对流程和制度进行全员培训，历时近 1 个月，然后分岗位人人考试过关。9 月，苍溪农信流程银行建设方案正式落地实施，新的组织架构与条线管理，新的流程、制度全面启用执行。

2012 年末，苍溪联社的流程银行建设顺利通过省联社验收，成为全省 21 家“现代金融示范行社”之一，被省联社授予“一级联社”。在流程银行建设过程中，苍溪联社的人才培养与储备“金鹰计划”、流动风险经理平行作业、三级独立审批人制度、网点等级管理、延期绩效制度、履职风险金制度、弹性福利计划等新思路、新亮点，得到了省联社领导和南大专家组的一致肯定。

2013 年，苍溪联社对流程银行建设进行了持续优化，并现场指导剑阁、旺苍、青川流程银行建设至获省联社验收。2014 年，持续按照流程银行建设要求，调整优化组织架构，减少中后台部门 4 个，减少编制 7 人；增设电子银行部和小贷中心，恢复城区原停业网点 2 个。2015 年，苍溪联社以农商银行筹建为契机，以打造现代商业银行组织架构为目标，合并优化部室，增设小微金融部，下设微贷和小贷中心，组织架构进一步优化。

肖斌卿教授一直关注着苍溪联社的流程银行建设，曾三次赴苍溪调研指导，开办专题讲座，传导先进银行的战略转型理念与成功经验。显然，他把这里当作自己的“试验田”，播撒现代银行变革的种子，让它在苍山溪水间生根、发芽、开花、结果。他深情地对苍溪联社班子成员说：“流程银行建设是现代银行业的重大创新，是权力、责任、资源的重新配置，是一项长期持久的系统性工程。三到五年难见雏形，五至十年难言成熟。既没有固定模式和最佳模式，也不可能一蹴而就、一劳永逸。只要你们需要，我会尽我所能提供支持和帮助。”

通过流程银行建设，全体干部员工思想观念进一步转变，“以市场为导向，以客户为中心”的营销服务理念逐步形成，经营管理水平明显提升，有力助推了业务发展。随着流程银行建设的深入推进，苍溪农信资产规模与质量持续向好，市场核心竞争力进一步增强，实现了收益来源多元化。“以改革谋发展，以创新激活力”，苍溪农信以流程银行建设为契机，不断强化流程管控，提升经营效益，向着打造健康而富有活力的现代金融企业不断前行……

4/ 无声大爱传远方

文化是企业之魂，是企业特有的不可复制的核心价值观和核心竞争力。一个具有自身独特文化，对社会责任具有强烈担当的企业，必定会走得更远、更长久。感恩，才会自强。企业文化的深处一定是对社会的强烈责任感。因此，社会责任犹如“定心丸”，在苍溪农信人的心里扎根。

2012年5月12日，是“5·12”汶川大地震4周年纪念日，也是自2010年四川省开展“挂包帮”活动以来，苍溪农信第7次前往龙山镇柏杨村。早上7时许，苍溪农信一行人马向80公里外的龙山镇柏杨村赶去，两个小时的颠簸之后，终于抵达了目的地。

除了肥料，苍溪农信还给村民们准备了一些蔬菜种植、牲畜养殖等方面的书籍。还将5 000元资助款交到村支书手中，以支持柏杨村基础设施建设。苍溪农信帮助柏杨村67个家庭脱贫致富，使近千余村民受益。柏杨村村民的人均收入上升了1 000余元，村里的基础设施也得到了极大的改善。3年来，苍溪农信到帮扶村调研指导达420人次，协调到位资金240万元，全体员工捐款捐物达10万余元。

柏杨村四组母庆仁，儿子在外务工，妻子9年前做了食道癌手术，母亲已是80岁高龄，家中的农活几乎全由他一个人完成。为了帮助母庆仁家脱贫致富，苍溪农信数次派客户经理前去调查，并帮助其种植了3亩沙参。如今，母庆仁不仅还清了妻子治病欠下的债务，还在信用社存了一笔钱。

团结村五组王仕珍，大女儿2002年不慎落水身亡；上门女婿2007年遭遇车祸，撒手人寰。本想和老伴马中军一起努力带大女儿留下的孙子孙女，没曾想老伴2011年离她而去。担起社会责任，奉献爱心成为延伸服务。董永礼代表苍溪农信将5 000元爱心款放到王仕珍手中。随后，大家纷纷给王仕珍捐款，并鼓励张鸿好好读书，一万余元爱心款如同涓涓溪流……当年，发起全社员工“献爱心”捐款活动，筹集捐款2.8万元，联系她进入城郊中学学习，每月支付生活费500元，帮助她完成学业。

苍溪农信履行社会责任达到新高度，“团结、互助、感恩、包容”的文化氛围铸就纯洁的灵魂，这是不折不扣的账单：

2011 年以来，先后帮扶龙山镇柏杨村和石马镇马安村，领导班子和中层干部现场进行扶贫规划，送去帮扶资金、技术书籍和化肥等物资折合人民币 13 万多元，指导当地机构发放贷款 1.6 亿多元。2015 年，领导班子帮扶特困农户 15 户，中层干部帮扶一般农户 60 户，逐户调查摸清实情，了解金融服务需求、开展评级授信、落实帮扶项目。捐资帮助马安村建设防旱池一口、村级文化阅览室一个和开辟农用机具作业道路 500 米……

每年“五四”青年节，组织青年员工帮助外出务工农户开展“双抢”活动。2014 年向石马小学和唤马小学捐赠价值 2 万元的图书，2015 年向 20 名贫困留守儿童每人捐助资金 500 元；在县委、县政府开展的“金秋助学”活动中，向职中孤儿捐助 5 万元；让青年团员志愿者走进元坝小学，捐赠学习资料，关爱留守儿童成长。

帮助理塘联社顺利实现统一法人，捐资帮助其装修营业部，帮助其营运富余资金 3 000 万元、增加收入 100 万元以上。2013 年，省联社安排对口帮扶旺苍联社，向其入股 460 万元，捐赠资金用于装修营业网点，帮助营运富余资金，同时落实工作人员交流、协助流程银行建设等帮扶措施。2015 年帮扶汶川联社，双方进行了现场交流、培训，并派员到汶川帮助梳理制度流程，落实了人才培养、捐赠工作服等帮扶计划。

每逢春节、建党节、重阳节前夕开展慰问活动，累计为 130 多名困难职工、贫困党员送上慰问金；对系统内两名重病员工发起了“献爱心”捐款活动，共筹集捐款 5 万多元。建立大病帮扶基金，帮助重病职工家庭度过难关……

5／树见花开

凝心聚力带来的是并驾齐驱的发展势头，千秋蜀道上演绎着苍溪农信人的砥砺奋进之歌……

2011年，苍溪农信成立公司金融服务中心。截至2015年末，有贷款余额客户36户，贷款余额9.69亿元，占全行贷款余额近1/4。四年来，支持的企业达50余户，累计投放信贷资金25亿余元，涉及农业产业化经营、农副食品加工、旅游、水电开发、天然气开发、住宿餐饮、批发零售、建筑、房地产等多个行业。公司金融服务中心连续三年荣获县联社“贷款营销工作突出贡献奖”，2013年荣获广元办事处“公司类贷款业务先进集体”，2015年4月，被县总工会授予“工人先锋号”荣誉称号。公司金融服务中心无疑是一个敢打敢拼的集体。负责全辖范围内公司类贷款的发放和管理，打交道的都是一些“大客户”。因业务发展需要，在广元市区拓展了部分客户，每季度要对存量客户进行日常贷后检查。到了广元，总经理车国顺要求客户经理早晨七点之前必须出发，中午十一点半，大家都会以各种理由婉拒客户留下吃饭的请求，聚在一起吃工作餐。

广明集团入驻苍溪开发房地产，融资渠道首选苍溪农信，2012～2015年，苍溪农信（农商银行）累计向购买广明房产的客户发放按揭贷款331户，金额7 624万元。苍溪农信筹建农商银行，该企业入法人股500万股。当其他金融机构上门营销时，广明集团董事长吴远明深有感触地说："人不能做无良心的人，企业要做有良心的企业，只有这样，我们的企业才能兴旺发达。"

个体工商户谯某于2007年6月在营业部贷款50万元购买现代商城三楼商业用房并成立"苍溪县艾德餐饮服务娱乐有限公司"。当时他只有一家营业面积约150平方米的"达膳堂"中餐馆，2010年5月在营业部贷款200万元用于扩大经营、装修"棋牌客栈"和"达膳堂"，谯某与苍溪农信合作多年，从未拖欠贷款本息。他说农信社在他起步的时候、最困难的时候支持了他，才有了今天，所以他不能忘恩负义，做人要有良心。与农信社合作初期拥有资产125万元，现拥有中型中餐馆一家，综合性客栈、茶楼一家、中型火锅店一家，并取得了"德国慕尼黑皇家啤酒"的川东北独家代理权……

运山分理处主任赵洪斌，在农村从事党的基层工作15年。2001年开始，他先后在岳东信用社、河地信用社工作，扎根服务基层，坚持"竞争"出活力，"考核"出效益，念好"支农、营销、产品、服务"四本经，各项业务指标都走在了全县前列，存贷规模实现翻番，为当地经济社会和信用社发展做出了应有贡献。在建党93周年之际，赵洪斌作为优秀共产党员代表，作了题为《根植"三农"，爱传千家》的发言，那句"俯首拉重车，辛勤苦耕耘"的誓言至今还在苍溪农信全体员工的耳畔回响。正是这种精神，让普惠金融惠及民生，使老百姓从信用社的"老三样"存款、贷款、汇款业务，转变适用农信社的"新三样"银行卡、网上银行、手机银行新业务。近四年来，运山信用社累计发放贷款6 200多万元，余额达到2 900万元。信贷员何鹏飞、向利2013年累计下乡时间达到193天，走遍了责任片区的全部农户，累计发放农户贷款 325 户、2 004 万元。他用响当当的实绩，回答了竞聘演讲“实干、巧干、带头干”的承诺，这就是苍溪农信人掷地有声的责任与担当！

岳东分理处主任伍家奎创造了苍溪农信“千里追贷款”的美谈。他发扬“啃硬骨头”精神化解不良贷款，曾与信贷员一起前往新疆催收贷款，一去就是两个月。采取“政策攻心、行动感化”方式，与在外务工或承包建筑工程的 80 多个贷款户斡旋，让一大批久拖不还的贷款逐渐回笼。就这样，岳东分理处的不良贷款由 2012 年末的 396 万元降为 112 万元。与此同时，他带领员工走村串户，扎实做好评级授信等基础性工作，逐渐形成客户盈门的热闹场面。近五年来，岳东分理处业务快速发展。2015 年末，岳东分理处存贷规模达到 2.5 亿元，成为农村片区经营最好的网点。

江南支行辖 14 个村（社区）、1 个江南新区，居民 6 810 户 3.7 万人。在支行行长向仕坤的带领下，全行员工主动作为，抢先机、重合规、抓创新、推改革、促转型，取得了业务结构日趋优化、经营风险持续降低，经营效益不断提升的良好业绩。先后被总行评为“银行卡及电子银行收入十佳单位”“居间金融服务先进单位”“网点转型先进单位”。

在苍溪县委、县政府确立打造江南新区的战略蓝图后，江南支行迅速行动，切实做好“四篇文章”，助推县域经济快速发展。累计发放居民搬迁贷款 3 200 万元，保证了搬迁工作的顺利进行。累计发放居民住房贷款 4 800 万元，保证了居民的购房资金需求。先后发放小微企业贷款 6 900 万元，支持四川天资物业管理有限公司、苍溪梨恋华纸品有限公司等本土小微企业成长壮大。累计发放各类扶贫贷款 1 214 万元，帮助 200 户贫困户脱贫致富。与此同时，针对客户购买车库方面的资金需求，创新了“车库贷”，有力支持了新城区居民生产生活。

红星支行行长、“广元市劳动模范”何军，是商户和社区居民的“贴心人”、农户和公职人员的“好朋友”、小微企业的“知音”。他经常进商户，入社区，宣讲金融政策，为周边400余户小商贩免费提供零破钞上门兑换服务，赢得大家的尊重和信赖，使得梨乡市场、西城水果批发市场、西城农副产品批发市场500余户个体工商户成为他的忠实客户，存款达1亿元。他积极推行商户信用贷款、公职人员工资担保贷款产品，逐户评级授信，年累计投放贷款5 000万元。

苍溪农信的女职工撑起了“半边天”。

营业部总经理赵晓红以“深挖潜力、拓展市场、强力攻关”为立行之本，创下了四年净增存款78 114万元，增幅达71.2%的业绩。2014年营业部被苍溪县委、县政府评为“最美便民服务窗口”。2015年荣获苍溪农商行“年度人均创利十佳单位”和“银行卡、电子银行收入十佳单位”。她常对营业部的兄弟姐妹说：“存款不但要盯好大户，还要抓住成长型新户和散户。”于是，她督促客户经理广泛收集客户资源信息，分析排查目标客户，每月定期走访，了解其资金状况。这样，苍溪县国有资产投资经营有限公司、慧源建筑工程设计咨询公司等企事业单位很快成为营业部固定客户，仅此一项就为营业部带来日均存款数百万元……

2013年初，城郊信用社存款余额6 300万元，不良贷款236万元。三年大变样，2015年底存款余额1.6亿元，不良贷款降为47万元。我问城郊支行行长安玲是如何做到的？她为我讲了两个小故事。有一个客户做生意，一直与其他金融机构打交道，三番五次地沟通都没有打动他。有一回，我无意听到其孩子大学毕业找不到工作。我轻描淡写地说：“我帮你问问。”后来，我在一个企业帮助他孩子找到一个会计岗位工作，让他终于如愿以偿。于是，这位客户主动提出与农信社合作，成为我们的“黄金客户”。2014 年，由于经济下滑，从事房地产开发的赵某楼盘销售不出去，靠借高利贷运转，在城郊支行的贷款半年都未结息，逼得出外“逃债”。好在他的电话还是正常畅通，我及时与他沟通，并从他的亲人入手，通过熟人在清管所帮他父亲找到一份打扫卫生的工作，在某餐馆帮他母亲找到一份务工的零活，每月有 2 000 多元的收入。老两口很感动，把挣来的钱主动拿来为儿子结付贷款利息。2015 年春节，赵某想办法还清了 22.7 万元贷款本金。

2011 年 3 月，董大蓉竞聘到城乡结合部的江北信用社任主任。2016 年初，江北支行的存贷规模达到 3 亿元，五年翻了一番。她说：“为了赢得群众的信任，刚开始的一年时间，我们每天早上提前一个小时上班，端上水盆、拿起扫帚打扫街道。”有一个在外承包工程的老板，由 30 万元起家，诚实守信，短短两年时间发展到拥有 100 万元的闲散资金。她主动上门建议这位老板购买门面实现增值，使他茅塞顿开，先后在成都和县城购买 650 平方米、400 平方米的营业房两处，每年租金收入 40 万元。这位老板很感动，帮江北支行介绍了数笔存款，超过 1 500 万元。针对他的实力，江北支行为其授信 1 000 万元。在江北支行的信贷支持下，这位老板的生意越做越大，2016 年他开工三个工地……

2014 年初，王艳竞聘到天观信用社任主任，在仅有 3 人的情况下，自加压力，迎难而上。2015 年 4 月初，在广元创业的何春林资金短缺，她不顾 9 个月的身孕，冒着随时可能临产的危险，三次乘客车到广元，实地核查、评估，经县联社核实后，一次性放贷100万元，解决了何春林的燃眉之急。办理完手续后，何春林激动地说："感谢天观信用社雪中送炭，真是我们老百姓自己的银行"。正是不懈的努力，天观信用社半年就完成全年贷款任务的211.05%。

周玉兰，运营管理部总经理。31年来，她在为苍溪农信发展贡献绵薄之力的同时，也实践着自己的追求和梦想。用"勤奋"练就了十分过硬的业务技能，多次参加省、市、县组织的业务技能比赛，先后9次勇夺前三名，并获"业务技术能手"等荣誉称号，成为名副其实的业务标兵。自担任运营管理部总经理以来，她以"管理、服务、培训"为主要抓手，"管""控""防"三管齐下，着力培养"诚心服务、细心核算、用心管理"的工作理念，实现了业务风险节点全覆盖，确保了运营安全。多年来，春节期间，她主动牺牲与家人团聚的温馨时刻，与同事们一道坚守在工作岗位，将十几亿元的现金源源不断地下发到全县70多个网点。春节后是现金回笼的高峰时期，短短几天时间十几亿元现金从各网点回来，她带领同事们整理好一张张钞票并及时送存人民银行，连续加班成了常事。长期超负荷工作导致胃病、喉炎严重，但她却常常带病坚持工作，用"真情"凝聚起团队的能量。她坚信身教重于言传，真情换来尊重。同事工作生活中遇到困难，她总是尽力帮助解决，她坚持每月带领本部门员工下乡辅导业务，帮助基层解决实际困难。在党员"挂包帮"工作中，她带领部室员工向贫困户捐款捐物；她个人先后联挂帮助3名贫困户，捐助款物1万多元。同时，她还带领一家三口，主动帮扶白鹤乡新店村一名贫困户，帮助其规划致富项目，并为其女儿联系工作。她管理的团队先后荣获省联社“巾帼标兵先进集体”、县妇联“三八红旗集体”等称号，个人被评为“广元市最美女性”。

没有惊天动地的壮举，没有明星般耀眼的光环，唯有平凡岗位上的执着与奉献。这仅仅是广大一线职工的一个真实缩影，让平淡与坚守绽放绚丽光彩。在苍溪广袤的农村大地上，正是这些普通的“农信人”用自己的勤劳智慧，播种着希望，收获着喜悦。

第六章 嬗变的光芒

时光回眸，铮铮有声。从第一家农村信用社点亮梨乡天空，到今天苍溪大地繁花似锦，苍溪农信从无到有、从小到大，走过了63年的风雨历程。嘉陵江涛声依旧，苍溪农商银行发展日新月异。

1 / 不竭的源泉

按国际经济惯例办事，积极参与国际经济竞争和合作，是世界经济发展的客观要求。随着世界经济一体化的进一步发展，任何国家已很难保持封闭的经济模式，所以，中国的唯一选择，是适应这一趋势，争取经济发展的主动权。金融机构面临严峻的挑战，如再故步自封，将会走进“死胡同”。因此，顺势而变是唯一出路。

改革对于苍溪农信来说，成为一种历史性的选择。四川省农村信用社联合社广元办事处主任雍成江说：“必须加快推动以产权为核心的农信联社改革，这是推动科学发展、可持续发展的治本之策，是增强广元市农村金融机构服务‘三农’实力和活力的客观要求。”

2014 年伊始，按照四川省人民政府的统一部署，在省联社、市县党委政府、监管部门的关心支持下，苍溪农信拉开了组建广元市首家农村商业银行的帷幕。省联社、市县党委政府领导和市级相关部门，多次现场调研、指导和协调，将苍溪农信改制工作列入市县政府工作报告和苍溪县党代会报告。市县两级政府先后于 2013 年 12 月和 2014 年 7 月两次组织相关部门到仪陇、江阳、西充、梓潼等地，考察学习改制做法和成功经验。

2014 年初春，苍溪农信召开社员代表大会，通过了筹建农村商业银行的相关决议。紧接着，在苍溪农信党委书记、理事长董永礼主持下，召开了一次具有重大意义的党委（扩大）会。会议研究决定，为顺利推进改制工作，班子成员相应调整工作分工，党委书记、理事长对改革工作负总责，成立改革工作办公室，由副主任向宁牵头，抽调4名中层骨干，专职负责改革工作。随后，改革办紧急行动，撰写可行性研究报告，制定筹建工作方案，编写改制工作时间表。

2014年4月3日，苍溪农信改制工作领导小组第一次会议召开，正式启动农商行筹建工作。领导小组组长由县长杨祖斌担任，常务副县长朱国勇、副县长苏国成、副县长孙强担任副组长，办公室设在县政府金融办，苍溪县委、县政府两办、督查室、金融办、财政、国资、国土、住建、房管和法院、纪检监察、公安、税务、人民银行、县信用联社等部门，抽调分管领导和专门人员，组成改革推进、产权办理协调、宣传动员、机关贷款清收、审结贷款清收、风险防控维稳六个工作组，分别落实农商银行筹建工作任务，实施部门联动，加强工作协调，形成整体合力。

为妥善处置信用社历史遗留问题，董永礼多次向县委、县政府领导汇报相关情况。期间，广元市委、市政府领导周键、田学思、陈凯先后到苍溪指导改革工作。苍溪县人民政府派分管副县长孙强专程赴省联社，对改革事项进行汇报和协调。县政府多次召开专题会议，积极落实改革扶持政策，以优质国有资产全额抵偿政府背景不良贷款本息2 686万元。此外，县委、县政府还落实了农房重建担保贷款担保延期和贴息、财政性资金存放、信用社房产和土地办证、审结贷款案件执行等一系列政策措施，为组建农商银行提供了最有力的支持。

5月30日，省联社向苍溪农信出具了同意启动筹建农商银行工作批复。6 月 6 日，四川苍溪农村商业银行股份有限公司筹建工作小组成立。县委常委、常务副县长朱国勇担任组长，副县长苏国成、副县长孙强（后为副县长伊军）担任副组长，县级相关部门领导和苍溪农信负责人为成员。

8 月 22 日，经四川银监局现场验收，并对相关问题整改说明后，中介机构正式出具了全部清产核资报告书。经中介机构、筹建工作小组和银监部门共同确认，依照程序对净资产进行分配，并按注册总股本 5 亿元计划股权设置，改革工作进入募股、确定发起人和筹建资料准备阶段。同时，启动了改制后加入人民银行金融管理综合服务系统相关资料的收集准备工作。

据原在改革办工作过的同志讲，筹建资料多达 1 600 多页，改革办须经过一审、二审，银监分局三科进行三审，四川银监局农金一处四审，然后才报送银监会。凡错落一个字，缺一个章、一个签字，一个数字相互不衔接，都会出大问题，必须一字一句仔细审核。加班加点，熬更守夜，那是经常的事。

12 月 12 日，正式取得中国银监会关于筹建四川苍溪农村商业银行股份有限公司的批复。2015 年 1 月 25 日，省联社完成原联社班子离任审计，提名了农商银行新的班子成员。省联社、广元银监分局和筹建工作小组完成董事、监事候选人的审查。在公安、消防部门的支持下，完成了行总部和全部营业网点的安全、消防合格证明文件。筹建工作小组完成了农商银行组织架构搭建和基本管理制度的拟定。在多方共同努力下，全部股份如期募集到位。

2015 年 1 月 31 日，四川苍溪农村商业银行股份有限公司创立大会暨股东大会第一次会议胜利召开，160 名发起人悉数参加本次盛会。这标志着苍溪农信完成华丽蜕变，苍溪农商银行正式诞生。

会议选举产生了苍溪农商银行第一届董事会和监事会。董事会由董永礼、陈德勇、曹麒麟、程均丽、陶玟缙、吴波、杨武、黄正德、何仕松、宋远军、杨思润、郑时、马经纬 13 名董事组成，监事会由向宁、陈继光、田东平、邓帮森、庞琪 5 名监事组成。由董事长董永礼、行长陈德勇、监事长向宁、副行长郑时、副行长马经纬组成的新班子集体亮相。

1 月 31 日当晚，改革办的灯光彻夜长明，监事长向宁带领改革办全体人员与银监分局三科科长彭雷、副科长侯磊等一起审核汇总开业申报资料。次日一早经广元银监分局审查行文后，正式递交到四川银监局。四川银监局农金一处处长姜红军、副处长明洋等，迅速会同有关处室人员进行会审。在最后审批时，广元银监分局刘平局长亲自向四川银监局谢涛副局长做了汇报。

2 月 6 日，苍溪农商银行获得了四川银监局开业批复文件。当日，苍溪县国税、地税、质监和省市县工商等部门，开辟“绿色通道”，以最快速度办理了新机构的相关证照。在市、县人民银行领导的关心过问下，经事前现场指导、反复审查和工作协调，由中心支行稳定科科长郝剑波、副科长戚思勇牵头，在 2014 年 12 月下旬就向人民银行成都分行报送了开业相关资料。2 月 9 日，向人民银行成都分行报送了开业补充资料。人行成都分行由稳定处牵头，相关 9 个处室集中进行开业资料审查。期间，人民银行广元市中心支行行长赵明光专门致电成都分行关注和协调审查进度。2 月 11 日，人民银行成都分行正式出具了苍溪农商银行加入人民银行金融服务综合管理系统的审批表。这样，苍溪农商银行筹建工作的所有审批事项终告完成。董事长董永礼悬着的一颗心终于放了下来。

2015 年 2 月 13 日，四川苍溪农村商业银行股份有限公司挂牌开业大会在县城同心广场举行，县委副书记、县长杨祖斌主持会议。广元银监分局纪委书记何加兵宣读苍溪农商银行开业批复，中国人民银行广元市中心支行副行长何志诚宣读系统准入批复。省联社党委委员、副理事长王挺，广元市委常委、市政府党组副书记田学思为苍溪农商银行授牌，并做重要讲话。

这天，苍溪农商银行还特别邀请“中国诗歌万里行”的国内著名诗人叶延滨、洪烛、祁人、张玉太、周占林、李犁、雁西等一行 10 人参加了开业庆典，并进行了“同一首诗吟咏苍溪”的采风创作活动。当晚，由苍溪农商银行独家提供赞助的 2015 年苍溪县春节联欢晚会在县城美好广场盛大演出。这些，都为苍溪农商银行开业增添了浓墨重彩的一笔。

这天深夜，苍溪农商银行监事长向宁躺在床上，回想这 10 个月来参与改革，一件件往事历历在目，心潮澎湃，难以入眠。他一骨碌爬起来，挥毫写下这首《苍溪农商银行开业志庆》的七言律诗：

风雨兼程六十载，
梨乡农信喜颜开。
往昔艰辛弹指去，
今朝荣光扑面来。
惠民兴县新天地，
扶微助小大舞台。
齐心合力有佳境，
只为逐梦济沧海。

2015 年 5 月的一天上午，面对笔者的提问，董事长董永礼如释重负地舒了一口气，他感慨万分：“农商行改革，千头万绪，错综复杂，任务繁重。但我们用最短的时间，完成了一件对未来发展影响深远的大事。这得益于省政府、省联社和市县党委政府的正确领导，得益于人行、银监和市县相关部门的重视与帮助，得益于广大股东的理解与支持，得益于全县农信干部员工特别是改革办同志们的辛勤付出。我们派人到广元、跑成都、上北京，起早摸黑，超负荷运转，有时把人急得想大哭一场，虽然辛苦，但从没有丝毫退缩的念头……”

2 ⁄ 奋进与超越

2014 年 5 月，习近平总书记在河南考察时指出：“我国发展仍处于重要战略机遇期，我们要增强信心，从当前我国经济发展的阶段性特征出发，适应新常态，保持战略上的平常心态。”

“从高速增长转为中高速增长，经济结构不断优化升级，从要素驱动、投资驱动转向创新驱动”，这是新常态的内涵。作为全面深化改革的“元年”，2014 年以来中国改革力度让世人瞩目。仅上半年，在中共十八届三中全会确定的重点改革任务中，行政审批事项取消和下放 145 项，在基础设施、清洁能源等领域推出了多个鼓励社会资本进入的示范项目，财税体制改革、户籍制度改革、公车改革正式出台，国有企业改革重大试点的启动均有序推出……

2015 年 2 月 6 日《广元日报》登载了记者采访广元市委常

委、市政府党组副书记田学思的专稿。

他说："党的十八大提出了全面建成小康社会的目标任务，这对农信社提出了新的更高要求，也为农信社转变发展方式提供了更广阔的作为空间。金融在优化资源配置和促进经济发展中发挥着举足轻重的作用。按照国务院对农村信用社改革的总体部署，新一轮改革方向是按照'稳定县域''成熟一家，组建一家'的总体要求，分期分批将农村信用联社市、县法人机构改制为符合现代企业制度、具有自身特色的社区性农村银行机构，是有效发挥地方金融资源，支持统筹城乡综合发展的一项重要举措，也是市场经济发展的必然选择，尤其对经济欠发达地区经济社会发展具有十分重要的意义。农村信用社是我国金融体系的重要组成部分和农村金融主力军。将其改组为农村商业银行，是为了更好地发挥农村金融服务'三农'和县域经济的重要作用。"

"广元市委、市政府在改制组建苍溪农村商业银行过程中发挥了主导作用，并将其作为一项重要工作来推进。早在2013年，市委书记、市长分别批示，要求相关部门制定全市农村信用社改制工作总体规划。2014年，市政府把改制组建苍溪农村商业银行工作列入当年《政府工作报告》。2014年3月，市政府成立了以市长为组长、常务副市长和分管副市长为副组长，相关部门负责人为成员的市深化农村信用社改革工作领导小组。市政府领导多次率领相关部门负责人与苍溪县委、县政府一道，分析研究苍溪农商银行筹备工作中存在的困难，制定推进工作方案，实地协调解决问题。整合部门资源，开辟绿色通道，协助清收不良贷款、募集股金、优化改制主体经营指标；积极向上争取政策支持，确保了筹建工作的顺利进行。"

……

历史不会忘记，因为“固本”扎根“三农”镌刻的华彩篇章。苍溪农信的史页上，分明铭刻着各级党委、政府、人行、银监部门重视和支持的动人篇章，尤其是扶持资金和优惠政策，对推进全县农村信用社改革和发展发挥了重要作用。省、市、县各级领导忙碌奔走的身影，如同雕像刻进永恒的记忆。那些殷殷关怀犹如拨动琴弦的音符，在青山绿水间荡漾，在苍溪农信人的心里泛起阵阵暖意。

2015 年 3 月 5 日，甘霖副省长轻车简从，深入苍溪调研农村金融改革及金融支持农村经济发展情况，来到苍溪农商银行视察指导工作。甘霖副省长对苍溪农商银行提出新要求：“围绕省委、省政府重大部署和各地的中心工作，抢抓机遇、积极作为，一手抓发展，一手抓风险控制，加快做大做强做优，为地方经济社会发展提供有力的金融保障。要牢固树立服务经济的理念，进一步强化、拓展、延伸金融服务功能，创新金融服务方式，把坚持转型经营和支持地方经济发展结合起来，使金融服务的独特作用得到充分发挥。党委、政府要运用市场机制，扶持三农、服务小微企业，实现金融政策在农村的效益最大化，真正取得农业增效、农民增收的实效。”

四川银监局局长王筠权、省政府金融办副主任张少鹿，人民银行成都分行副行长李铀，曾先后到苍溪指导农村信用社改革和支农服务工作。

2014 年 5 月 23 日，时任省联社党委副书记、主任（现任省联社党委书记、理事长）张远国亲赴苍溪调研指导农商行改革、业务经营和综合办公楼迁址工作。2016 年 5 月 11 日，省联社党委副书记、主任艾毓斌赴苍溪调研业务发展、网点转型、薪酬改革和办公楼设计工作，并到苍溪农商行支持的西南华晖工业、欣鸿宇冷冻两家企业现场办公。省联社副理事长王挺，纪委书记、监事长林明通，副主任杨超、胥德勋、刘兴明等领导，也先后率相关处室到苍溪调研指导。

来到春天的期待，定会在秋天收获累累硕果……

苍溪农信华丽转身为四川苍溪农村商业银行股份有限公司，不仅是名称的变换，更为重要的是“铺平前行的道路”。通过改制，明晰了产权、完善了法人治理结构，从而具备现代金融企业的特征；各项经营指标更加优化，抵御风险能力明显增强；支农实力大大增强，经济效益和社会贡献率同步提高。

2015 年 2 月 4 日，苍溪农商银行召开 2015 年工作会议。党委书记、董事长董永礼作了《以新状态迈进新常态，开启苍溪农商银行改革发展崭新局面》的报告，吹响了“依法治行，转型发展”的集结号！苍溪农商银行阔步迈向现代金融企业……

横看成岭侧成峰。苍溪农商银行在新一任班子率领下，以团结拼搏和执著追求的团队精神，实现了自身发展跨越。2015 年末的数据，无疑是有力的佐证：

各项存款余额 97. 11 亿元，是 2010 年末的 2. 99 倍，占全县金融机构的 44. 10%；各项贷款余额 43. 04 亿元，是 2010 年末的 2. 63 倍，占全县金融机构的 45. 19%；

本币市场业务 57. 88 亿元，是 2010 年末的 1. 89 倍；

总收入 7. 75 亿元，是 2010 年末的 3. 03 倍；

拨备前利润 2. 69 亿元，是 2010 年末的 2. 77 倍；

不良贷款率 2. 96%，较 2010 年末下降 11. 48 个百分点；

拨备覆盖率243.05%，较2010年末提高195.17个百分点；

资本充足率14.84%，较2010年末提高7.46个百分点；

缴纳各类税款7262万元，成为全县第一纳税大户。

累计发行蜀信卡59.29万张、社保IC卡16.10万张；布放自助存取款设备142台、EPOS助农取款设备738台、POS机532台；全面开通网上银行、电话银行、手机银行、短信银行业务；在广元市金融机构中率先运营流动汽车银行。

风险管理指标跃居全省农信系统前列，监管评级由2010年末的4A级提升为3A级，并持续保持，成为2013年全省监管评级3A级以上的17家县级法人机构之一。连续四年被人民银行评为综合管理A级单位。连续多年保持零案件事故。获得全省农信“目标考核十佳单位”“风险管理十佳单位”“贷款营销十佳单位”荣誉称号，是全省农信系统唯一一家自主确定股金分红比例的行（社）。

同时，队伍作风进一步转变，无违法和违反廉政规定行为发生，先后多次荣获全省农信“四好班子”“先进基层党组织”“党风廉政建设和反腐败工作先进集体”等称号。先后多次被市县党委政府评为“支持地方经济发展先进单位”，被县委、县政府评为“综合目标考核一等奖”“支持县域经济发展先进单位”“纳税工作先进单位”“关心下一代工作先进单位”。连续18年保持“省级文明单位”“省级卫生先进单位”称号，企业形象和社会效益不断提升。

3/ 蓝天下的翱翔

滔滔嘉陵江，日夜不倦地翻腾激越的壮歌。

苍山溪水不泯的情怀，书写着动人的故事！

沧海桑田，共和国在中国共产党的正确领导下，政治、经济、军事、文化各方面发生了翻天覆地的变化，华夏大地一派繁荣昌盛的景象，成为举世瞩目具有国际话语权的现代化强国。我们从广大农村翻天覆地的巨变，不难找到答案，而农村信用社熠熠闪光的历程，无疑是经济社会滚滚向前的缩影。

历经峥嵘岁月，苍溪农信破茧成蝶。这是金融变革的传承，这是农信历史的跨越。63 年的关怀与润泽，63 年的期望与重托，汇聚成沉甸甸的历史责任，汇聚成时代赋予的崭新使命。这是一次向 63 年辉煌历史的深情告别，这是一次向未来破浪扬帆的崭新起航。事实上，在当今经济社会快速发展的大背景下，金融机构体制改革进行“抱团”经营和抵御风险，也是力量蓄积到一定程度厚积薄发的必然趋势。我们看到，四川苍溪农村商业银行股份有限公司正承上启下，续写着广元金融新的传奇！这无疑印证了著名学者潘柱廷说的那句话：“智慧的畅想、文化的传承和具体技术实现的可能性相结合，会为我们带来宝贵的战略机会。”

为此，笔者采访了四川苍溪农村商业银行股份有限公司党委书记、董事长董永礼。

笔者：从信用社到农商银行的华丽转身，在企业不断发展壮大的过程中，恒久不变的是什么？

董永礼：我觉得恒久不变的是责任。全县还有30 933户贫困户生活艰苦。企业的价值取向就要看得长远，真正对客户负责，最大限度地践行“普惠金融”，银行跟客户的融洽关系就是最大的收益，这是农商银行长远的生存之道。

站在新的起点上，我们将一如既往地根植县域，贴近基层、贴近农村、贴近农民，坚持服务“三农”定位不动摇，强化农村金融主力军作用，为支持县域经济发展做出更大贡献。

……

海纳百川，有容乃大，壁立千仞，无欲则刚。激情燃烧的农信岁月，承载着流光溢彩的坚硬心路，延伸着农信人刚毅铁骨般执着的追求。半个世纪以来，信念伴随栉风沐雨一同成长，塑造起来的坚韧不拔、生机盎然的农信精神生生不息，拓展生命大境界，照亮万里丹山皆芳菲。

这是一个改写历史、创造奇迹的时代。四川苍溪农村商业银行股份有限公司犹如凤凰涅槃，浴火重生，在川北大地展翅飞翔！

回望过去，是为了更加坚实地迈向未来。梦有多远，路就有多远。公元2015年，对苍溪农商银行来说意义非凡，它向人们展示的不仅仅是崭新的面孔，更为重要的是用双肩扛起根深蒂固深厚文化传承的精神脊梁。中国梦是一把种子，它已经播撒在祖国各地的每一个角落，这些与美好希望相关的种子，终将在春暖花开的季节次第绽放。因此，重塑“农情”“农商”风骨的人们，定会像不倦的蜜蜂一样酿出甘甜，沁润着梨乡大地80万人民的幸福心田！

唯有不断超越自我，方能勇攀高峰。“十三五”的开局之年，苍溪农商银行同样劲头十足，以其锐不可当的气势勇往直前。截至2016年末，各项存款余额111.54亿元，占全县金融机构的43.41%，比年初净增14.43亿元；贷款余额48.39亿元，占全县金融机构的44.15%，比年初净增5.35亿元；不良贷款率3.95%，资本充足率14.42%，拨备覆盖率185.83%；实现拨备前利润2.55亿元，税后利润1.05亿元。

第七章　传承的力量

『我知道，苍溪有一座蟠龙山／出土的文物是岁月的根／我知道，苍溪有一座红军渡／金戈铁马是遥远的梦／我还知道，苍溪有一座彩虹桥／将八十万苍溪人民心连心……』当代著名诗人洪烛的吟唱，道出了苍溪农信人的根基和源泉，毋庸讳言，这是伟大的红军精神在梨乡大地闪耀着动人的光芒。

20世纪50年代的『三大合作』中，『农业合作』和『供销合作』要么销声匿迹，要么逐渐淡出人们的视野，唯独『信用合作』在经受了百般考验后，一步步壮大起来。究其根源，农信人坚韧不拔的精神可圈可点，与日月同辉！

1/ 抹不掉的记忆

2015年4月17日下午。在广元东坝，曾担任过苍溪县委书记、广元市政府副市长等职的李文元接受了笔者的采访。

他说："1969年秋天，我刚满24岁，有幸成为运山信用社会计。主任奉明锐驻村，'扎表'是会计的事，还有些生涩，完全是'逼'出来的，照煤油灯加班加点。那时，信用社受地方党委政府和县人民银行双重管理，与群众关系密切，有着优良勤奋的作风，没有上下班时间，晚上照常办理业务。有一次，二龙八队的出纳奉旭祥来信用社存款，他开完队会打着火把一路走来，大汗淋漓地，都快十二点了……"

"在运山信用社不到两年时间。1971年春天，我被调往文昌区营业所担任农经员。当时文昌区辖7个乡，营业所和信用社存款总额20多万元。资金紧张，尤其生猪、粮食兑现都成问题，常常为'打白条'伤脑筋。1972年遭灾，农业生产减产，我们一行走路到元山、彭店、白山一带落实春耕农贷，安排生猪、化肥、种子、农药贷款，由各乡信用社具体实施。老百姓缺粮，家家户户忍饥挨饿，那天中午，在彭店乡青木一队郑姓队长家吃饭，红苕干米饭，米少苕干多，煮的干豇豆下饭，算是我们这一路吃得最好的一顿饭了。那时的信用社职工都是当乡干部使用，没有图享受，扎实干工作，'三下五去二'从不拖泥带水，搞不好领导要'刮胡子'。店子乡信用社伍奉阳，是个全县有名的'独臂主任'，他的事迹感动了很多人。”

“这年腊月，县人民银行筹备南充地区中心支行信用社系统现场会，我被抽到县上写材料，信用合作股股长任守华亲手给我们几个架起杠炭火，泡好茶，我们熬了两天一夜，终于圆满完成任务，回到文昌就是腊月二十九了。1974 年，我被借调到县委办，1978 年正式调到县委办。1984 年任苍溪县人民政府县长，1990 年至 1997 年任苍溪县委书记。毫不夸张地说，苍溪农村不论在计划经济还是市场经济时代，信用社都发挥了积极作用，做出了不可磨灭的贡献！”

任守华，1940 年出生，77 岁。1959 年参加工作，1960 年到伏公信用社担任会计，1962 年调往县农行任信合股股长管理信用社，1995 年任县农行行长。

20 世纪 50 年代，信用社干部的工资每月 4 元、6 元、8 元，办公条件差，工作环境艰苦，靠社员股金起步，大多数信用社只有几千元的家底。六十年代，信用社干部每月工资 18 元、主任 21 元，主要靠人民银行和农业银行“借支款”运行。八十年代初，尤其是农村土地联产承包以后，经济逐渐好转。我讲几个那个时代的故事。

1960 年冬天，八庙信用社派社员白汉杰到县上背钱，他急急忙忙回去好赶上挣工分年终决算。走到鸡垭梁摔了一跤，背篼滚下山坡，附近二十多个社员赶忙过来捡钱，也来了几个孩子，有社员就说：“摸不得，脱不了手！”社员捡来钱，有一大堆，一数，分毫不差，他又装满一背篼，歇气喝口水，烧了两个红苕吃了才继续赶路。我常常感慨：人民群众最纯朴、觉悟高。每次全县信用社主任开会，我都要讲这个故事，号召大家向群众学习。

1968年初冬，龙山信用社主任向清喜下队催收贷款。那天，飘着小雪，路滑得像鱼背。到了一个山梁，实在下不去，他干脆怀抱账本，披上塑料编织袋连人梭下山坡，等他收到贷款回到信用社，天已经黑了，浑身是泥！

1977年，龙山信用社需要培修房子。信用社主任杨天甫走160多里山路来县上批维修款，第二天又要走路赶回去。头天来时，他身上带的几角钱只剩下一角八分了，就在老观吃了一顿饭，饿着肚子也没动用培修款，因为他晓得公私分明啊！

……

2/ “变”与“不变”的哲学

把握转型时代的“变”与“不变”，苍溪农商银行的改革发展给我们留下了一串串思考。苍溪地处四川盆地北缘，是秦巴山脉南麓的典型山区农业县、全国重点扶贫攻坚县，全县银行业机构8家，竞争激烈。苍溪农商银行为何能在全省农信系统、全县同业闯出一条行稳致远的路子？

2016年3月，省联社办公室调研组徐太平一行四人来到苍溪，走访网点、员工、高管，感同身受其“想变、思变、求变”的劲头，在“变”中脱胎换骨；赓续、坚守、传承的定力，在“不变”中沉淀文化。3月25日，四川省农村信用社联合社办公室《决策参阅》2016年第1期刊载了对苍溪农商银行改革发展情况的调查报告：

改革求变，塑现代银行之形。2014年，在经济下行压力加速向金融业传导的复杂形势下，苍溪农信在充分评估自身成熟条件后，审时度势，毅然决定在广元辖内率先启动“农改商”工作。农商银行的诞生，进一步厘清了党委、“三会一层”和工会之间的关系，妥善处理了法人治理与自主经营的关系，维护了员工的合法权益，增强了发展活力。

现代商业银行的根本在于转换机制，机制转换核心在于用工和薪酬制度改革。创新“双选”，优化选人用人机制。部门中层干部和网点负责人采取“岗位能力测评+中介机构面试+公开目标竞聘+履职风险保证金”方式进行选拔；网点会计主管实行总行委派制，40%绩效薪酬由总行考核发放，60%绩效薪酬由所在网点考核发放；以“2+N”到“N+1”的双选模式确定员工［即：网点负责人和会计主管或部门中层正职和副职先共同选1名员工（员工有选择权），3名成员再一起选第4名员工，依此类推，直至团队组建完成］。打破“大锅饭”，完善薪酬分配机制。2011年，苍溪农信党委顶着压力出台新的分配制度，严格将网点薪酬与业绩挂钩；2014年，根据机构人均单产和质量等经营指标，将网点综合评定为5个等级，机构负责人和员工按所在网点等级享受不同的薪酬系数，让每个网点看到自身优势和差距，激发上等升级的内生动力，有效打破了网点分配“大锅饭”。2015年，引入管理会计系统的FTP内部资金转移定价规则，坚持绩效考核透明化，对网点实行“减人不减资”，推行弹性福利计划，彻底打破个人薪酬分配“小锅饭”。

转型求变，开创型管理。2014年，苍溪农信创新尝试业务督导员制，由卸任的业务熟悉、管理经验丰富的中层干部担任督导员，其绩效工资与督导片区业务发展、案件防控、员工管理挂钩，收到良好效果。2016年起，逐步形成总行领导包片、片区支部书记驻片督导、中后台部（室）员工“一对一”包机构的督导工作机制，并设立直接对党委负责的督查室，专职抓好领导班子、中层干部、支部书记的履职督查工作。建立全员营销体系，成立个贷、微贷、小贷和公司金融服务中心，构成信贷营销网络。成立资金营运部，与咨询公司合作，开展专业化资金业务运作，2015年资金业务收益率5.4%，资金业务投资收入占总收入的45.30%。先后两次开展农户评级授信和市场调查，分类建立客户台账，树立“董事长、行长就是最大客户经理”理念，领导班子带头对接重点企业、单位，将营销任务落实到人头。

提升求变，优服务水平。充分结合县域实际，创新“美好贷”“工资卡担保”“二手房按揭”“安居贷”“乐业贷”“家庭农场贷款”和引进“卡贷通”“才升道”贷款产品，满足各类客户融资需求。2012年研究制定了贷款“七因素定价法”，2015年全面提升为“八因素定价法”，对客户信用等级、行业政策、抵押物类别、日均存款等因素综合评价，差异化确定贷款利率，持续巩固客户市场。2014年实现规范化服务全覆盖，全面完成网点标准化改造，2015年推进网点“软转”试点，参加试点的江南支行仅在“开门红”期间，存款净增3 416万元，完成“开门红”任务的210.30%。采取“走出去，请进来”的方法，将员工福利积分转为培训需求，根据岗位和专业需要，进行统一规划，形成“流水线”式培训，举办和组织3 000多人次参加执行力、思想理念转变、营销技巧提升、柜面操作、规范化服务、小微贷款、外拓营销等培训活动，多次组织业务技术竞赛，干部员工的业务素质和专业技能持续提升。

在“不变”中寻求新境界。面对经济金融发展新常态，该行以“变”应“变”，以“不变”应“万变”，尊重行业规律，实现科学发展。

恪守底线，规矩不变。始终坚持“服务三农、服务小微、服务县域经济”的市场定位，扎实做服务县域经济主力军银行的市场规矩不变。专门设立“三农”委员会，制定了“三农”和小微信贷投放五年计划，纵深推进“惠农兴村”“扶微助小”“融城旺社”三大金融服务工程，保证资金、人力、渠道、服务持续向“三农”、小微和县域经济倾斜，全力支持地方经济社会发展。始终坚持党建引领，党委班子喊出“工作向我看齐、作风向我看齐、廉洁向我看齐”的口号，认真落实党建和党风廉政建设两个“主体责任”，自觉落实“一岗双责”，不断强化支部建设和党员管理，引领干部员工齐心协力抓改革，一心一意谋发展。

保持定力，责任不变。苍溪农信视发展为己任，强有力的责任感和使命感，主人翁意识、责任意识已自觉不自觉地融入每一位干部员工的血液和灵魂。以惠民为宗旨，始终坚持财富取之于民，用之于民，不当“抽水机”，自觉践行普惠金融理念，认真履行社会责任。2015 年，作为首家扶贫小额信贷承贷银行，累计发放扶贫小额贷款 1 391 户、6 442 万元；发放大学生村官创业、下岗失业人员就业、妇女创业、生源地助学等各类小额担保贴息贷款 4 770 万元；通过开展挂村帮扶，先后为贫困村送去帮扶资金、技术书籍和化肥等物资，帮助建设防旱池、文化阅览室、改造村委会基础设施，为留守儿童和贫困学子捐赠助学资金，关爱救助 40 名“两癌”妇女，帮助 50 名白内障患者重见光明，走出了农信特色的普商兼容发展之路。

发扬传统，文化不变。苍溪农信人在 1987 年定出一条规矩——凡因工作失误或违规操作造成的贷款损失要赔钱，规矩慢慢形成了“四包”责任制，现在成熟为“营销贷款有绩效，管好贷款有奖励，违规贷款要重处，风险贷款要扣钱，损失贷款要赔偿”的信贷文化。至今，苍溪农商银行没有担保公司担保贷款，没有一笔非标业务。同时，调减独立审批人审批权限，强化贷审会集体决策，实行会后票决制，从董事长到员工，没有人先入为主地放过一笔贷款。正是如此，该行不良率长期控制在 3% 以内，2015 年末不良率低于 1% 的网点就有 9 家。

塑造“敢打必胜，勇争一流”的苍溪农信精神，凝炼了“责任、专业、创业、卓越”的核心价值观，打造独具特色的合（作）、活（力）、和（谐）文化。打造文化园、楼道、展板等阵地，通过开展“思想大解放、观念大提升”大讨论、知识竞赛、分岗位座谈、七夕交流联谊，树典型学先进等形式，增强全员的忠诚度、责任感、使命感，形成了你追我赶的干事创业氛围……

3/ 向幸福出发

战胜贫困，一个跨越千年的梦想。

“爹爹妈妈眼睛尖，养女不嫁旋子山，十家九户穷光蛋，无水缺吃没衣穿……”这是二十世纪五六十年代，在苍溪县元坝镇旋子山广泛传唱的一首民谣，民谣记录了那个时期人民群众的贫苦生活。一直以来，贫困犹如恶性肿瘤一样，在祖国大地，尤其是老、少、边、穷地区阴霾不散，成为缠绕在广袤农村机体上久久挥之不去的梦魇。从二十世纪八十年代开始，在近半个世纪的扶贫救困行动中，全国上下开展了艰苦卓绝的“扶贫开发”“西部大开发”工作。

四川省广元市是秦巴山区集中连片贫困地区、革命老区和地震重灾区，全市 7 个县区有 3 个国定贫困县、4 个省定贫困县，是全省 6 个整体纳入扶贫开发范畴的市州之一。截至 2015 年末，全市有 739 个贫困村 6.57 万户 22.98 万贫困人口，贫困发生率 10.08%，脱贫攻坚任务艰巨而繁重。

按照党中央、国务院关于打赢脱贫攻坚战的决定，在四川省委、省政府的坚强领导下，广元按照到 2020 年坚决打赢脱贫攻坚战、同步全面小康的目标，坚持以脱贫攻坚统揽经济发展全局，将脱贫攻坚作为经济建设“三大主战场”和“六项重点工作”之首，作为“两学一做”学习教育的重要检验，召开脱贫攻坚誓师大会，强势发出脱贫攻坚动员令，猛力吹响攻坚拔寨冲锋号！

2015 年，广元市委、市政府提出，决战新阶段攻坚扶贫，必须按照“五年集中攻坚、一年巩固提升”的要求，每年减少贫困村 150 个、贫困人口 6 万人以上，到 2020 年末，全面消除绝对贫困，与全国、全省同步建成小康社会。事实上，即便在“十三五”时期，全面建设小康社会的决胜阶段，苍溪县依然有 39 个乡镇 214 个贫困村 25 413 户 81 097 人还未脱贫。实现全面脱贫，苍溪进入倒计时……

作为农村金融主力军，苍溪农商银行义无反顾地扛起金融扶贫大旗，用“担当、作为”四个字，催生了“人行扶贫再贷款 +

农商行扶贫小额信贷”扶贫模式，并将农村承包土地的经营权抵押贷款与金融扶贫工作有机结合，以实际行动助推贫困户脱贫奔康，为苍溪人民过上幸福生活奏响了动人的凯歌。截至2016年末，累计发放扶贫小额贷款11 516户、4.87亿元；累计发放农村承包土地的经营权抵押贷款751户、1.14亿元。金融扶贫工作走在全省金融机构前列。

文昌镇权家村是个猕猴桃产业大村。2016年销售猕猴桃200多万元。贫困户每户建一个年收入2万元以上的猕猴桃园，全村发展猕猴桃面积150亩。贫困户权凯宗，脆冠和猕猴桃收入加起来共有4万多元，今年还了贷款，住上了新房。贫困户刘大兴尝到了种植猕猴桃的甜头，想通过扩增猕猴桃面积脱贫致富，今年又从农商行贷了部分扶贫小额贷款发展猕猴桃3亩。此处无声胜有声，这仅仅是扶贫小额贷款助力脱贫攻坚的一个缩影。

在金融扶贫的征途上，苍溪农商银行以强大的资金力量助推贫困地区产业结构优化调整，从而增强内生发展动力。按照“扶持一个企业、支持一个项目、带动一个产业、辐射一片贫困农户”的发展思路，重点打造了猕猴桃、雪梨等特色现代农业示范区，引领贫困户跟着特色产业走，特色产业跟着市场经营主体走，实现特色产业与发展资金的精准对接。

2016年8月26日，四川苍溪天府商品交易所红心猕猴桃交易中心正式启动，苍溪农商银行给予红心猕猴桃产业链上的种植户、经销商首期授信5亿元。众所周知，红心猕猴桃是苍溪人民脱贫致富的重要命脉。唯有贷款的持续投入，才能让红心猕猴桃产业蓬勃壮大。十余年来，苍溪农商银行为红心猕猴桃、雪梨产业平均每年投放5亿多元。

“苍溪农商银行给我们公司的贷款授信一路升级，使公司的红心猕猴桃基地由300亩扩大到3 000亩。”四川毅力猕猴桃产业有限公司办公室主任陈明书告诉笔者，2010年8月，猕猴桃成熟时节，急需3 500万元资金收购猕猴桃，公司上下急得像热锅上的蚂蚁。紧要关头，苍溪农商银行急其所急、帮其所需，在公司提出借款申请不到半月便解决了所需资金。

与此同时，累计放贷9 000万元，支持1 900户贫困乡镇致富带头人创业。年投放贷款3亿余元，对家庭农场、专业大户、农民合作社、产业化龙头企业和“产业基地（园区）+农民合作社+农户”“龙头企业+农民合作社+农户”等产业基地发展等给予支持，实现与创业融资需求的精准对接。此外，积极创新探索并推行“互联网+产业”模式，上线“O2O惠生活”服务平台，加快农村基础金融服务设施建设，实现广大农户与普惠金融服务的精准对接。

苍溪县政府金融办主任李永刚对《四川日报》记者说：“苍溪农商银行竞争力全面增强，积极筹集资金，助力扶贫攻坚，近两年每年存贷款以18亿元左右的规模增长，相当于每年增加一个股份制银行的县级支行。”

浩浩帮扶大军中，苍溪农商银行人从不懈怠，像过去落实党委、政府“挂、包、帮”一样，扎实践行党的“三严三实”“两学一做”学习教育，用真心、真情帮扶石马镇岳王村……

“山高皇帝远”的石马镇距离苍溪县城118公里，是苍溪县最边远的乡镇之一。岳王村的村名颇有一些来历，老人们讲，原来这里有座药王庙，供奉有孙思邈的塑像。药王没有保佑一方百姓的平安富庶，却成为远近闻名的贫困村：全村农户425户1778

人，24.6 公里道路全是泥石路。贫困户 114 户 404 人。按照“五个一批”脱贫攻坚分类统计，其中扶持生产发展一批 21 户、63 人；促进就业带动一批 44 户、192 人；异地搬迁安置一批 26 户、92 人；低保政策兜底一批 20 户、50 人；医疗救助扶持一批 3 户、7 人。2015 年经过验收，已脱贫 93 户、308 人。村集体无任何经济收入，经济发展严重滞后。

2015 年，苍溪农商银行“挂联帮扶”岳王村。一年多来，在岳王村倾洒着农商人敢于担当社会责任的豪迈情怀：

成立董事长为队长的驻村帮扶工作队，选派业务骨干担任岳王村第一书记，长期驻村指导精准扶贫工作。

加大帮扶村信贷支持力度，累计发放各类贷款 900 余万元，支持岳王村基础设施建设和农民发展脱贫增收产业，其中累计投放扶贫小额贷款 26 户、122 万元。

为确保 2018 年顺利脱贫，班子成员、中层干部按照“一对一”帮扶方式，结对帮扶困难群众 83 户，其中农商行领导班子每人帮扶 5 户，落实规划增收项目，制定脱贫计划，累计捐助生产发展资金和物资 5 万余元。

累计帮助贫困户种植猕猴桃 160 亩，养殖土鸡 3 000 只，山羊 150 只，让贫困户看到脱贫的希望。

帮扶人员通过“以购代捐”方式，出资 16 100 元，购买贫困户农副产品，解决了贫困户的后顾之忧。

累计捐资 16 万余元，帮助岳王村维修村委会房屋、硬化村组道路 2.4 公里。

协调水利建设资金 20 余万元，帮助整治危险山坪塘。

利用人脉关系联系苗木经纪人，订立预约销售协议，为全村猕猴桃嫁接苗寻找可靠的销售出路。

捐资5.23万元资助面临辍学的6名贫困学生。

捐资5000元救助一名患有子宫癌的贫困妇女。

2015年春节，苍溪农商银行“送金融，送健康，送文化”三下乡活动走进距县城131公里的石马镇岳王村，慰问贫困群众并送上新春祝福。邀请苍溪康复医院医生为贫困群众免费体检和义诊。

2016年5月，苍溪农商银行第六和第七党支部党员志愿者18人到4户贫困户家中开展农忙“双抢”。

在原有EPOS自助取款服务点基础上，苍溪农商银行2017年计划将“农惠通”布放到岳王村，让群众享受与城里人一样的基础金融服务。

……

岳王村2组刘杰，52岁，妻子赵莲修患慢性肺结核、支气管炎，每年花费医疗费用上万元，儿子在外打工。他是农商银行董事长董永礼帮扶的贫困户。刘杰告诉笔者：“董永礼董事长来我家看望我老伴，送来500元钱，说掏心窝子的话，建议我搞养殖和种植……”2015年7月，董永礼买来50只鸡苗送到他家，年底“以购代捐”卖了1 600元。现在，他家种植猕猴桃3亩，种植核桃2亩，养猪2头，养鸡50只，终于看到了脱贫致富的希望。刘杰说：“人家拉你一把，自己就要努力地爬起来！”

岳王村2组邓良聪，因妻子患宫颈癌无法做体力活，还有两个孩子上大学，仅靠他跑运输维持，收入捉襟见肘。原先住的是土墙房子，属于“异地搬迁一批”的贫困户，现已在政府的扶持下修起了一楼一底的砖房。2016年5月，农商银行发放5万元扶贫小额贷款，支持他发展猕猴桃产业。他动情地说：“帮扶我家的农商行干部多次来帮助规划项目，找生财门路，他们为了啥？还不是为了我们不拖脱贫的后腿，早些富起来！”

岳王村5组胡万奎，38岁，2014年发生车祸花费数万元，耗尽了仅有的积蓄。妻子高香兰患病，长期治疗未停过药。但因病致贫的胡万奎，有养猪、羊和鸡鸭的丰富经验。当他把扩大养殖规模的想法向帮扶干部说出来后，帮扶干部当即为他做出了项目规划和资金预算。2016年3月，农商行发放4万元扶贫小额贷款，让他修起数百平方米的标准猪圈。如今，他养殖母猪9头，种猪2头，存栏生猪150头，年底甩掉贫困的“帽子”。

扶贫攻坚的阳光，照耀着山清水秀的五龙镇三会村。三会村是由省委组织部“结对帮扶”，县委、县政府高起点打造的现代农业园区。省、市、县高度关注三会村脱贫攻坚，催生着扶贫方式方法的探索与创新。苍溪农商银行认真落实惠民便民举措，将金融扶贫与金融服务延伸到贫困户的身边，真正成为“老百姓自己的银行”。从开始的三会村“农惠通”业务办理点，到如今的三会村“金融扶贫”综合服务站，这里显然已是典型的小型社区银行了。

苍溪农商银行在“三会”现代农业园区试点，推行期限长、利率优惠的“安居贷”“乐业贷”产品，支持35户园区贫困户建起新居、12户园区贫困户发展生产项目。苍溪农商银行“量身定做”的贷款产品可谓雪中送炭……

三会村3组樊洪全，38岁，搞过运输。母亲患有癌症，自己前些年与妻子离婚。以前养猪一直因市场疲软、技术缺乏亏损。2016年他扩大规模，贷款8万元建圈，达到养殖700头生猪的规模，与温氏集团合作代养生猪，已出栏 500 头，每头保底 170 元，全年收益 10 多万元。

三会村 6 组柯昌国，52 岁，家有 6 口人，儿子儿媳外出打工，老伴因病和孙子上学，缺乏劳动力。他家住在与龙王镇交界的山坡上，自然条件恶劣，长期养鸡鸭，均因路途遥远卖不出去而亏损，常年挂在脸上的是愁和苦。他先后两次在农商银行五龙支行贷款 6 万元养鸭 3 200 只，鸭蛋通过村里合作社卖出去，现在每天都有数百元的收入，终于看到他脸上的笑容了。

2016 年 11 月 4 日，苍溪农商银行与苍溪县龙王镇举行了金融助推脱贫攻坚战略合作协议签约仪式。合作双方旨在紧紧聚焦脱贫攻坚、产业发展、项目投资三大领域，以推进“五个结对共建”“三大业务合作”入手，创新金融助推脱贫攻坚新模式，通过支持猕猴桃、肉牛养殖等主导产业，确保龙王镇 7 个贫困村 701 户 2 400 名贫困人口 2018 年全面脱贫。

这是苍溪农商银行创新推出的“银行 + 乡镇”金融助推脱贫攻坚新模式。其协议主要内容为：一是共建全县首个金融助推脱贫攻坚示范乡镇。苍溪农商银行从贫困镇、村、户三个层面开展结对共建。在贫困镇层面，双方共同出资，共建龙商广场，以“小广场 · 大能量”为理念，宣传党的经济金融政策，开展群众感恩教育，向广大群众，尤其是贫困人口传授新的扶贫理念、思路和模式；在贫困村层面，充分发挥村级组织力量，成立专业合作社，发挥好党员的示范带动作用，引导贫困群众掌握脱贫知识与技能，开展专业化、规模化生产经营，并将贫困村打造成示范信用村；在贫困户层面，重点支持产业脱贫，切实打造有机蔬菜、有机粮食、生态养殖基地。二是结对共建产业示范园。双方以两河百亩猕猴桃产业综合园为依托，以“龙王镇提供土地、技术、劳务并进行管理，苍溪农商银行提供信贷优惠政策”模式共建产业示范园。三是结对共建产业示范项目。龙王镇在本辖区内选择5～10户产业大户作为苍溪农商银行助推产业发展示范户，由苍溪农商银行提供信贷支持。双方联合将龙王镇辖内的箭口村打造成肉牛养殖示范村。四是结对开展扶贫献爱心活动。龙王镇从其辖内贫困党员中选择1～2户具有一定发展前景、有较强开拓意识且懂得感恩的深度贫困党员，由双方支部给予帮扶。五是结对开展党组织联建。苍溪农商银行通过“党组织联建，党员联管”方式，让其党员定期深入龙王镇知农时、晓农事，深入贫困村、贫困户访贫问苦……

东风吹拂天地春，金融扶贫惠万众。苍溪农商银行现已打造农业园区综合服务站点4个，柳池综合金融服务站被人民银行成都分行评为“农村金融综合服务示范站”。苍溪农商银行党委书记、董事长董永礼满怀激情地对笔者说：“金融扶贫是我们支农服务的新起点、新征程。下一步，我们将按照‘四好’标准和‘五个一批’要求，持续发力，进一步做好农村的金融扶贫工作。同时，围绕县委、县政府提出的‘七有三保障’总体要求，着力推进城镇困难居民精准扶贫，做出县域股份制银行的应有贡献！”

尾声　奔流不息的嘉陵江

嘉陵江是一条不息的江，滚滚向前的波涛里有过去和现在，还有更远的未来！

苍溪这片红色的土地上，红军精神永驻。这无疑是中华民族百折不挠、自强不息民族精神的最高体现，它是中华民族伟大复兴的宝贵精神财富，必定薪火相传。

『打过嘉陵江，迎接党中央』，当年革命先烈的铮铮誓言犹在耳畔回响，成为苍溪农商银行人实现两个『百年奋斗目标』伟大复兴梦想的号角！不忘初心，继续前进。我们坚信，在党的十八届六中全会精神指引下，苍溪农商银行人将沿着省联社『务实创新、服务民生、依法经营、从严治社、尊重规律、科学发展』二十四字方略的指引，力争『十三五』迈向更加现代的金融企业目标，远航的足音震耳欲聋……

滔滔嘉陵江见证了川北苍溪县80万儿女奋力实现“物丰美、家秀美、人乐美、村和美”目标的滚滚春潮。今天，苍溪将着力推进基础设施和公共服务向农村延伸覆盖，不断提升群众生产生活质量。围绕“一带两翼一区”县域新村总体布局，按照“三退两迁建”的工作思路，梯次推进十乡百村两百里产村一体示范带、苍剑线和苍巴线为主轴的两翼和北部山区新村建设，建成元龙省级新农村示范片，建成幸福美丽新村420个、新村聚居点108个，生态新村覆盖面达到65%。苍溪将以扶贫攻坚为统揽，以全面深化改革为动力，注重发挥生态农业资源优势，注重“三化”联动推进，注重县域经济协调发展，奋力在全省山区县中率先实现全面小康。

在苍溪农商银行的内院，辟有一角被称作“兰桂园”的富有企业文化气息的小园子。园中生长着三株高大茂盛的黄桷兰，颇令人瞩目。黄桷兰又称缅桂，树冠高大，花蕊洁白，花香馥郁，被誉为“树中君子”“花中丈夫”。因为有了黄桷兰，“兰桂园”的名字不但名副其实，而且增添了一种从容不迫、宠辱不惊的精神气质。这种精神和气质，折射出苍溪农商银行继承传统文化，注重个人修养，贯穿人文精神，做有良知、有责任的企业，培育君子人格的远见卓识。事实上，这是红军精神的延伸与升华！

今天，我们从苍溪农商银行人不断前行的身影里，看到的是发扬红军精神“不胜不休、永不懈怠”的英雄气概。同样，我们从苍溪农商银行“骨子里”挖掘的是文化，文化的力量铸就了一个现代企业的崭新形象，为世人称道。

愿景：成为区域内最具市场竞争力、最具社会影响力的全功能零售银行。

使命：铸造一流品牌，创造最大价值。

核心价值观：责任、专业、创新、卓越。

这些富有战略性的理念，浇灌着“兰桂园”企业文化建设园地，以及办公楼道、走廊、展板、宣传栏等为一体的企业文化建设阵地。近年来，冠名和承办了“农信杯”四届女子篮球邀请赛、“农信杯”中华少儿卡拉 OK 大赛、“农信之春・和梦想一起飞”助残文艺演出、“薪火相传・再创辉煌”大型文艺演出等活动，还积极参加全县第一届运动会、2014 年苍溪梨博园自贡灯展等重大活动，积极举办全民金融知识大奖赛，邀请星河艺术团来苍专场演出。星河艺术团在省联社杨家卷副书记的精心指导下，将舞台艺术与农信文化有机结合，生动展现了农信发展的梦想与情怀，有效提升了苍溪农商银行的企业形象，增强了企业品牌、经营实力和文化活力自信。

正如电视剧《给爱丽丝的奇迹》里梁心颐唱道：“我要展开翅膀迎接传说中的自由，决心点燃的火，烧蚀最后的疑惑，勇气蜕变的凤凰，再次迎接夜空 ，迎接光荣，身影点缀成天体英雄……”我分明看见，苍溪农信犹如一只沐阳光雨露的蛹，历经岁月的磨砺，化作翩然起飞的彩蝶！

采访结束时正是初冬，临走的那天，我执意来到 80 年前红四方面军强渡嘉陵江的渡口。清凛的江水拍打着靠岸的船舷，脸庞在晨光中任凭江风荡涤，百感交集。是啊，嘉陵江作为中国版图纵横交错的众多江河之一，八百里秦巴山脉的胸腔燃烧激情澎湃的璀璨梦想，从大山褶皱走来的子孙一代一代传承……嘉陵江奔腾的涛声铭刻着坚韧与奋进，亭子口水利枢纽工程上马曲折坎坷，兰渝铁路的背后蕴藏着苍溪儿女的艰辛付出。事实上，中华文明照耀的每一寸土地辉映的红军精神根深蒂固，每时每刻奏响辛勤耕耘、顽强抗争的绝唱。

我真切地听到萦绕苍山溪水间的回声，我真诚地祝福他们。再过五年、十年、三十年……我坚信，那时苍溪农商银行人“打造百年老店”的梦想已经实现。那时，或许我们都已经白发满头，站在大山之巅，伫立嘉陵江边，我们依然谈笑风生，指点江山，激扬文字，记录历史，追寻中国现代化更加坚实的脚印……

2017 年 1 月 18 日完稿